苏州非物质文化遗产丛书

古诗文 苏州吟诵教程

朱光磊　朱丹凤　编著

苏州大学出版社
Soochow University Press

图书在版编目(CIP)数据

古诗文苏州吟诵教程 / 朱光磊,朱丹凤编著.
苏州：苏州大学出版社,2024.11.--（苏州非物质文化遗产丛书）.-- ISBN 978-7-5672-4989-9

Ⅰ.I206.2;H019

中国国家版本馆CIP数据核字第20240VD881号

书　　名：	古诗文苏州吟诵教程
	GUSHIWEN SUZHOU YINSONG JIAOCHENG
编　　著：	朱光磊　朱丹凤
责任编辑：	刘　冉
装帧设计：	吴　钰
出版发行：	苏州大学出版社（Soochow University Press）
社　　址：	苏州市十梓街1号　邮编：215006
印　　装：	苏州市越洋印刷有限公司
网　　址：	www.sudapress.com
邮　　箱：	sdcbs@suda.edu.cn
邮购热线：	0512-67480030
销售热线：	0512-67481020
开　　本：	787 mm×1 092 mm　1/16　印张：11　字数：209千
版　　次：	2024年11月第1版
印　　次：	2024年11月第1次印刷
书　　号：	ISBN 978-7-5672-4989-9
定　　价：	42.00元

凡购本社图书发现印装错误，请与本社联系调换。服务热线：0512-67481020

苏州非物质文化遗产丛书编委会

主　任

钱轶颖

副主任

王　燕　张　岚

编　委

朱丹凤　谢　俊　王雅芸　冯　菲
冀红雪　范旻澜　杨　曙　吴　祥
朱妍灵　叶雨阳

总序

苏州是著名的历史文化名城，非物质文化遗产资源十分丰富。截至2024年11月，苏州列入人类非物质文化遗产代表作名录的项目7个；列入国家级非物质文化遗产代表性项目名录的项目33个，代表性传承人50名；列入省级非物质文化遗产代表性项目名录的项目173个，代表性传承人143名；列入市级非物质文化遗产代表性项目名录的项目228个，代表性传承人464名。苏州的非物质文化遗产资源在全国各大城市中名列前茅。

依托本地丰富的非物质文化遗产资源，苏州非物质文化遗产保护工作在苏州市委、市政府的高度重视和正确领导下，坚持"见人、见物、见生活"的理念，促使非物质文化遗产名录体系逐步完善，传承人队伍建设不断健全，品牌影响力日益扩大，非物质文化遗产保护传承整体水平走在全省乃至全国前列。2014年，苏州成功加入联合国教科文组织全球创意城市网络，被命名为"手工艺与民间艺术之都"。2018年，苏州市非物质文化遗产保护管理办公室获评全国非物质文化遗产保护工作先进集体。2024年，苏州市文化广电和旅游局获评全国非物质文化遗产保护工作先进集体。

为继续深入贯彻落实中共中央办公厅、国务院办公厅印发的《关于进一步加强非物质文化遗产保护工作的意见》，夯实非物质文化遗产保护的理论基础，苏州市非物质文化遗产保护管理办公室在对列入各级非物质文化遗产代表性项目名录的项目陆续开展全面调查的基础上进行理论研究并编著成书，形成这套"苏州非物质文化遗产丛书",宣传和普及苏州非物质文化遗产相关知识,让更多的人了解非物质文化遗产蕴含的丰富价值,不断增强人们的非物质文化遗产保护意识。

苏州非物质文化遗产丛书编委会
2024 年 11 月

《古诗文苏州吟诵教程》(以下简称《教程》)的作者是朱光磊和朱丹凤。

朱光磊,1983年生于苏州,南京大学中国哲学硕士、中国思想史博士,现为苏州大学政治与公共管理学院哲学系教授、博士生导师,苏州沧浪吟诵传习社社长,乐府学会吟诵研究会常务理事。他博学多才,爱好文艺,能唱昆曲、评弹,会玩乐器,对吴歌也有研究。从我研习吟诵,也是他的业余爱好。他已经出版的吟诵方面的专著有《唐调诗文吟诵二十讲》《江苏历代文化名人传·唐文治》和点校整理的唐文治的《读文法笺注》《国文阴阳刚柔大义》《国文经纬贯通大义》。

朱丹凤,1986年生于苏州,苏州市非物质文化遗产保护管理办公室馆员。发表文章有《从非遗纪录片〈皮影戏〉谈起——非遗传承人保护管理的实践与探索》《苏州非遗传承人保护管理机制的建设研究》。

最近两人合著,写出了这本《古诗文苏州吟诵教程》。这是一本教人用苏州方言吟诵古诗文的书,也是一本研究唐调吟诵的书。风格明朗,言简意赅。内容有理论和实操两个部分。乍看,它就是一般的实用性和普及性读物,实则却有深厚的内涵,有同类书籍没有写到的理论深度。

我国的吟诵抢救,从20世纪80年代初期开始算起,已经有40多年。40多年来经过全国同道们的努力,近乎失传的吟诵,已经被抢救下来而且正在传承下去。而这些年的抢救和传承主要涉及吟诵调式,诸如逢韵必吟、平长仄短、高调低调、尾腔、套调之类。必须肯定，了解并熟知这些十分必要，如果没有这传承的初始阶段，吟诵不会有今日的复兴与红火。但是也应该看到，传承下来的内容多为"知其然"，很少道及"所以然"。因此，在各种方言的吟诵基本上被抢救下来的今天，很有必要对吟诵的理论向深层次进行开掘和研究。这本《教程》即由此应运而生，它开拓了研究的新领域，可喜可贺。其实，书中提出的观点，并不是作者的发明，而是唐文治、吴汝纶、曾国藩等前人的理论，《教程》只是对前人思想进行梳理和阐发，但这个梳理和阐发却是恰逢其时、恰到好处，而且别开生面。

这本书的理论深度主要体现在以下两个方面：

一是，从作者路径和读者路径的角度来探讨吟诵，从根底上解读了吟诵的功能：读诗读文，归根到底是为了作诗作文；吟诵的目的，根本上是探讨为文之道。

所谓作者路径，是指古代作者写文章的历程："性—情—声—辞"，意思是说作者有了"性、情"要抒发，就会发出声音（类似于鲁迅所说的"杭育杭育派"），而后形诸文字成为文章。所谓读者路径，是指人在读书时，是逆作者的写作历程而行："辞—声—情—性"，即看到文章，再发声吟诵，从而理解古诗文的内涵和作者的思想情操。这个读者路径就是桐城派所要求的"因声求气"。1901年，吴汝纶告诉唐文治："文章之道，感动性情，义通乎乐，故当从声音入，先讲求读法。"讲的也是这个道理。正是这个读者路径，声通辞，辞达义，使读者了解到古之作者为什么写、写什么和怎么写，从而感悟出作文的诸多道理。如此看来，吟诵就不是读读诗文那么简单，而是有大道理在焉。

二是，高瞻远瞩，从涵养品格、静思养性的儒家文化高度来解读吟诵。

中华文化博大精深，尤以儒家文化为重。我国古代诗文所展现的基本上是儒家思想，儒家思想的重要内容就是修身养性。吟诵古诗文，所学到的自然就是儒家的道德规范。古人创造了儒家文化，且代代相传，而相传的途径首在吟诵，亦即吴汝纶所谓"从声音入"者。通过唐文治提倡的三十遍吟诵法，今人即能受到儒家文化的教化，穿越时空，与古人的境界相衔接、相融通，从而养成儒家品格、君子之风。唯如此，方可算是真正学到了中华文化的精髓。在此基础上，进一步融入今天的社会主义文化与道德，最终实现当今吟诵的目的，体现吟诵的终极价值。但是也必须明确，达到这样的目标，是一个渐进的过程，不会一蹴而就。学子甫入学，只需要上腔上调地读书并熟背，随着年龄增长、学识增加，他们自然就会对摇头晃脑诵读得来的作品增强感悟，及至读通诗文，彻悟儒家文化。但一开始老师就深入浅出地讲清吟诵的终极目的，使学生自幼耳濡目染，初步了解个中道理，也是十分必要的。

《教程》以苏州方言为据对当下吟诵界多有议论的"套调""倒字"等问题进行了探索。

套调，是各种方言传统读书法（也可称为传统读书调）的一条基本的、普遍的规则。所谓套调，就是指同一种具体体裁的古诗文可以用同一种吟诵调复制式地套用吟诵。调子是同一个，而同一种具体体裁的不同古诗文中字的平上去入声调却不相同，因此，吟诵时势必有些字的声调要发生变化。有人将这种字调的变化称为倒字。其实，不仅吟诵用套调，曲艺、戏曲也用，例如京剧就是用西皮、二黄的曲调变来变去演唱各种唱词内容。因此戏曲中的倒字现象司空见惯。歌曲并不一定用套调，但倒字现象却屡见不鲜，例如李劫夫作词、作曲的《我们走在大路上》歌词"大路上"三个字都是去声，可是都唱成了阳平。因此，已有学者对戏曲、歌曲的倒字现象提出过讨论。本序只谈及吟诵中的套调和倒字问题。套调是古人读书的不二之途，而一套调就可能出现所谓的倒字。有人对倒字提出批评，连带对套调提出疑问。听最早出版吟诵专著的陈少松教授讲，有人就向他提出过唐调吟诵的倒字问题。其实，沿用了千百年的套调吟诵读书法，不仅没有任何问题，而且是正确的、合理的、规范的、优美的读书方法，是我们老祖宗的一种创造。读书有倒字之说，古籍上未见提及，早年的工具书上也查不到"倒字"一词。偶见一本关于昆曲的词典写到"倒字"，但该书是近几年出版的。实际上，倒字就是变调，而变调对于吟诵来说则是必须的，是为了追求读书的韵律美；否则，一点不变地按照汉字的四声读下去，一定会显得直白和僵硬，令读书人感到枯燥、乏味，甚至疲劳。有人以为套调吟诵可能产生因谐音而造成的歧义，其实未必，因为所吟诗文中的字词都处在一定的语言环境中，即使因变调而形成谐音，读者也会顺着整个语意，做出正确的理解而不会造成误解。况且，不用套调的方式吟诵也照样会出现谐音歧义的现象，不独套调为然。一言以蔽之：套调的正确性、必要性不容置疑。变调（所谓倒字），则是读书时对声音的一种艺术处理，也是无可非议的。

《教程》对这个问题进行了论述，作出了通融的处理，变对立为统一。书中写道："传统吟调是历史形成的，属于非物质文化遗产，可以调整发展，但不能自编自创。自编自创的吟调充其量是蹩脚的新编古风歌曲，不是吟诵。"那么，作为"非物质文化遗产"的传统吟调，为了不倒字，就要"调整发展"，即对其声腔进行"微调"。怎么"微调"？书中又写道："如果一首文学作品是既定的，我们无法依照旋律来修改文字，那么就只能依照文字来修改旋律。比如，既有旋律是5 5，配的词是'天涯'，于是就要在后一个5上加滑音，如5 $\overset{3}{5}$5，或者5 3 5。如果配的词是'天下'，于是可以改成5 3，如果落音一定要落在5上，则改成1 1 5。这些微调的结果，就是仍旧保持原来曲调的特性，同时又调准了字声。"关键是这样做的结果，既保持了原调，又不倒字，解决了套调和倒字的矛盾。应该说，这个探索是一种创新，起码对苏州方言的吟诵来说是如此。当年唐文治将太仓传统读书调尾腔为"2 1 6(6 5 3)"的调子，拓展为尾腔为"2 1 6 1 5"的调子，就是一种创新，而且也没有影响太仓人至今依然用传统的调子读书。《教程》中提出的这个对苏州传统读书调的"微调"，也极有可能产生类似的效果。

苏州是一个读书风盛的地方，四五千年前的《弹歌》至今在张家港传唱；战国时的"吴吟"依旧琅琅；唐朝，"吴中盛文史，群彦今汪洋"；宋朝，"天下有学自吴郡始"。苏州历代文武状元四五十人，为全国魁首；当今院士140余人，苏州誉称"院士之乡"。苏州古今文化如此繁盛发达，皆源自读书，始于吟诵。今日之苏州吟诵，已经抢救下来，正在传承下去。《教程》的出版，必定会推动苏州的吟诵传承更上一层楼，再开新局面。守正创新，是当今社会一切事物发展的必由之路，吟诵也是如此。传统的读书调必须守护并运用，而在继承传统的基础上，完善乃至创造新的读书调，也是当今读书人的责任。比如如何使传统的读书调更加科学规范，更加优美动听，以赢得当今学子的喜爱；比如如何吟诵新诗和语体文；等等，都是需要研究和探索的问题。这本《古诗文苏州吟诵教程》对苏州吟诵的诸多论述，就是新的探索，很有意义。因此，我为之鼓呼。

魏嘉瓒
2024年6月18日于吴门歌风楼

第一讲	吟诵的生成	001
第二讲	吟诵的要素	003
第三讲	吟诵的语音	006
第四讲	吟诵的文气	011
第五讲	吟诵的进阶	013
第六讲	吟诵的功用	016
第七讲	蒙学的吟诵	019
第八讲	《诗经》的吟诵	029
第九讲	骚体的吟诵	037
第十讲	古体的吟诵	043
第十一讲	近体的吟诵（五言平起）	061
第十二讲	近体的吟诵（五言仄起）	067
第十三讲	近体的吟诵（七言平起）	073
第十四讲	近体的吟诵（七言仄起）	079
第十五讲	近体的吟诵（折腰体）	085
第十六讲	词的吟诵	090
第十七讲	经文的吟诵	099
第十八讲	古文的吟诵	106
第十九讲	骈文的吟诵	112
附录一	作为儒家工夫论的读文法	121
附录二	古诗文吟诵教学法纲要	138
附录三	生成・构形・工夫：传统吟诵理论的系统构建	150
后记		162

第一讲

吟诵的生成

吟诵是中华传统读书法。作为读书法的吟诵沟通了无形的情感与有形的文字，是道德情感与文字作品的中介。

一、作者路径与读者路径

研究吟诵的生成需要理解以下四个概念：性、情、声、辞。性是德性，情是情感，声是声音，辞是文字。

当我们面对具体环境的时候，就会产生相应的情感发动。这样的情感发动，背后有德性的主宰，故能"乐而不淫，哀而不伤""喜怒哀乐发而皆中节"。相反，如果不注重德性的主宰，那么情感就会被具体环境牵引，导致"乐而淫，哀而伤""喜怒哀乐发而不中节"。因此，情感发动时能否自觉到德性主宰，就显得十分重要。有德性主宰的情感发动，可以称为道德情感。

道德情感发动时，必然"诚于中，形于外"，通过外在的行动表现出来。最为直接的行动就是发出声音。如果还嫌发出声音表达情感不够充分，那就要"手之舞之，足之蹈之"了。

声音转瞬即逝，仅仅是一时一地的表达。但若将发出的声音记录下来，成为有形的文字作品，就可以长久保存。

由性情的发动为先，继而有声音，再而有文辞，构成了作者路径。反过来，由文辞的呈现为先，继而有声音，再而有性情，则构成了读者路径。无论是作者路径还是读者路径，如果跳过声音这一环节，比如默读，就无法构成吟诵；如果保留声音这一环节，就可以生成吟诵。

二、学习吟诵的范本选择

我们现在一般讲的吟诵，主要指读者路径，故以"中华传统读书法"称之。

读者路径最先面对的是文字作品。这些文字作品都是前人所作，是他们在其所处的历史环境中情感"发而皆中节"的产物。我们通过文字作品进行吟诵，由学习文辞而发动声音，再由发动声音而感发性情。目的在于模拟古人"发而皆中节"的情感表达，进而涵养自我的德性、省察自我的情感，最后在面对人伦物理的生活实践中，也能开物成务、进退有度。如果我们所选的范本是"发而不中节"的，那么我们吟诵所感发的情感也会"发而不中节"，我们性情的发展就会受到影响而产生偏滞。因此，学习吟诵所选的范本非常重要。

一般而言，推荐读者先读本书，对于吟诵有个初阶的了解；再读唐文治所编《读文法笺注》《国文阴阳刚柔大义》《国文经纬贯通大义》三书，对于吟诵就可以登堂入室了；最后读姚鼐所编《古文辞类纂》和曾国藩所编《经史百家杂钞》，对于吟诵可以涵养各类德性主宰的情感发动就会有十分真切的体悟。

课后练习

1. 什么是吟诵的作者路径？
2. 什么是吟诵的读者路径？
3. 为什么说范本选择对于吟诵非常重要？

第二讲

吟诵的要素

吟诵发出的声音具有独特的声腔，此声腔由吟调、字声、情感、嗓音四个要素构成。

一、吟调

吟调是吟诵的基础旋律。吟调是历史形成的，它或由某个大家族所传承，或由某个方言区所传承。吟调的音乐要素与方言声调、地方山歌、曲艺、戏曲有一定的联系。这些吟调可以称为传统吟调。

吟调一般由高调、低调、尾调三部分组成。高调与低调之间相差五度，为同一段旋律的模进。尾调则是一个有所波折的下降音。这三部分并不是严格按谱演唱的旋律，而是有松有紧的自由调。在紧的地方，比如在词组的偶数位的平声字上、在押韵字上、在特征腔上，就必须落在某些音上；在松的地方，则可以根据字声与情感进行自由地变化。

吟调是历史的产物，属于非物质文化遗产，可以调整，但不能自创。自创的吟调充其量是蹩脚的新编古风歌曲，不是吟诵。本书所用的吟调，主要来自唐文治、魏嘉瓒、汪平、张舫澜、叶奕万、裴金宝，以及笔者外婆俞慧珍等人。

吟调的节奏并不都是定板的，而是定散结合的，故而用鼓掌击节的办法来把握节奏并不合适。依照传统，读书人喜欢通过摇头晃脑、手指画圈的方式来与吟调产生一致的律动，这样可以达到定散两宜、人调同一的状态。

二、字声

汉语本身具有声调。普通话的声调与方言的声调不同，不同方言之间的声调差异很大。

普通话读字，字有第一声、第二声、第三声、第四声。

苏州话读字，字有四声八调。所谓四声，是平上去入。所谓八调，是平上去入再分阴阳。这样就有阴平、阳平、阴上、阳上、阴去、阳去、阴入、阳入八种。在苏州话中，阳上归入阳去，所以真正的声调只有七种。

汉语声调具有意义的属性，一个字的声调变了，就会听错为另外一个字。所以，我们在吟诵时，需要依照字声本身的走向来打造吟诵旋律，此为"依字行腔"。如果吟诵时字声本身的走向被吟调旋律带偏了，导致听错字，这就是倒字。倒字在吟诵中需要尽量避免。

在吟诵过程中，我们要争取做到字正腔圆，即在基本吟调的基础上做到"依字行腔"。这样，既保持吟调的风格，又显现字声的特征。

三、情感

文字表达意义，意义引发情感。不同的情感，也会导致声音的变化。简单地说，声音高低、缓急、轻重的变化，就表达了不同的情感。情感舒缓时，声音就低而慢；情感急迫时，声音就高而快；需要着重强调时，发音就重；需要一带而过时，发音就轻。

除了声音的高低、缓急、轻重之外，我们还可以在连接腔与拖腔的地方加一些小腔，借此表达细微的情感。

人类的情感千变万化，故用声音表达情感也不可一概而论，需要因时、因地、因人而有灵活的处理。

四、嗓音

吟诵不是舞台上的表演，而是所有读书人必备的读书法。我们不能说嗓音条件不好的人就不能读书吟诵。

人的嗓音条件各有不同。吟诵没有固定的音高。嗓音低，就起调低一点；嗓音高，就起调高一点。今天嗓音好，就小腔花哨一点；明天嗓音差，就字腔直一点。吟诵需要跟着人的嗓音条件走，让吟诵者感到自然顺畅，才能将自身感发的情感表达出来。故本《教程》所列参考吟谱，音高可以因人而异，不标调号。

吟诵是自娱，不是娱他。极端地说，即使一个人吟诵时五音不全，只要他自己觉得好听，那么吟诵对于他就有价值。如果他听得出自己跑调，那就慢慢调整；如果他听不出自己跑调，那就在自我感觉良好中自我陶醉也未尝不可。总之，人是吟诵的主体，是吟诵声腔为人服务，不是人为吟诵声腔服务。

课后练习

1. 构成吟诵声腔的四个要素是什么？
2. 什么是倒字，吟诵中为什么要尽量避免倒字？
3. 情感与声音的关系是什么？
4. 五音不全的人可不可以学习吟诵？

第三讲

吟诵的语音

汉语是单音节语言，汉语音节包含声母、韵母、声调三个要素。不同的时代，声母、韵母、声调存在变化，就导致上古音、中古音、近代音、现代音的区别；不同的地区，声母、韵母、声调存在变化，就导致各地方言的区别。

一、共同语与方言的文白异读

为了满足不同方言区的人沟通交流的需求，共同语应运而生。一般而言，共同语以操这种语言的核心区域的方言为准。其一旦形成，就有长期的稳定性，尤其在编订了科举考试必备的韵书后，即使当下核心区域的方言已经有所变化，共同语也仍旧能够维持相当长的时间。其他方言区的人要与异地人交流，就要使用共同语。但其他方言区的人使用的共同语并不是标准纯粹的共同语，而是夹杂着自己方言特色的共同语——使用既有的方言音来模拟共同语的发音。于是，方言就有了文读音与白读音的区别。白读音是比较纯粹的方言，而文读音是向着共同语靠拢的方言。使用白读音的人，主要为足不出乡的农民。而需要学习文读音的人，主要有商贾、官员、书生。商贾要异地经商，官员要异地为官，故此两类人必须用接近共同语的方言文读音与异地人交流。而书生一方面在阅读经典的时候，需要用方言音反切科举考试必备的韵书上的文字来学习音韵，另一方面"学而优则仕"，考虑为将来做官做准备，也必须学会文读音。

《诗经》的作者吟诵《诗经》的时候，使用的是上古音；唐诗的作者吟诵唐诗的时候，使用的是中古音；元曲的作者吟诵元曲的时候，使用的是近代音。尽管使用与作品同一个时代的语音来吟诵，在声韵呈现上最为精彩，但这并不意味着我们吟诵的时候，要学习上古音、中古音、近代音。原因有二：第一，学习古音韵具有很高的专业门槛；第二，古人在吟诵更古时期的作品时，也没有使用更古的语音，而是使用他所处时代的语音。从古诗文的普及推广上看，现代人使用现代音来吟诵最为方便易行。

现代音包含作为现代共同语的普通话读音和方言音。普通话与方言都是对古代汉语的继承与发展。一般而言，非官话系统的南方方言在声母、韵母、声调方面保留了较多的古音元素。故有时候用方言吟诵古诗文比用普通话吟诵古诗文更有韵味。

若是用普通话吟诵，则需要在普通话基础上，稍微向古音靠拢。主要表现在两个方面：其一，在声调上靠拢。普通话没有入声。凡是入声都被派入平上去三声。在吟诵的时候，为了保持声律之美，凡是在格律关键处被派入平上去三声的入声字，仍旧以短促音出之，模拟古音中入声字的特征。其二，在押韵处靠拢。韵母在古今音上会有变化，原来押韵的字，现在以普通话读之则不押韵。为了保持叶韵之美，在不妨碍意义理解的基础上，可以用古音之韵母读之。

若是用方言吟诵，则需要使用方言的文读音。苏州话是吴语的代表，苏州吟诵则需要使用苏州方言的文读音。

苏州话以苏州城区的老派苏州话为标准，声母有31个，韵母有49个，声调有7种。

（一）苏州话声母（取示例字的声母）

双唇音：上唇和下唇相接触，阻塞气流而成。
拨[p]，泼[p']，勃[b]，墨[m]。

唇齿音：上齿和下唇相接触，阻塞气流而成。
弗[f]，佛[v]。

舌尖前音：舌尖接触上齿背，阻塞气流而成。
则[ts]，赤[ts']，塞[s]，择[z]。

舌尖中音：舌尖接触上齿龈，阻塞气流而成。
得[t]，脱[t']，夺[d]，纳[n]，勒[l]。

舌尖后音：舌尖接触前硬腭，阻塞气流而成。
知[tʂ]，痴[tʂ]，书[ʂ]，池[ʐ]。

舌面前音：舌面前部接触前硬腭，阻塞气流而成。
吉[tɕ]，乞[tɕ']，歇[ɕ]，杰[dʑ]，聂[ɲ]。

舌面后音：舌面后部接触软腭，阻塞气流而成。
葛[k]，克[k']，掰[g]，核[ŋ]。
喉音：喉部紧张，阻塞气流而成。
赫[h]，合[ɦ]。
零声母：没有辅音作声母。
遏[ø]。

（二）苏州话韵母（取示例字的韵母）

矮[ɑ]	佳[iɑ]	歪[uɑ]	
包[æ]	邀[iæ]		
哀[ɛ]		弯[uɛ]	
哑[o]	靴[io]		
	也[iɪ]		
暗[ø]	鸳[iø]	碗[uø]	
欧[ɤ]	优[iɤ]		
资[ɿ]	衣[i]	布[u]	迁[y]
书[ʮ]			
乌[əu]			
樱[ã]	央[iã]	横[uã]	
康[ɑ̃]	江[iɑ̃]	汪[uɑ̃]	
恩[ən]	英[in]	温[uən]	云[yən]
翁[oŋ]	庸[ioŋ]		
而[l]			
呒[m]			
唔[n]			
鱼[ŋ]			
鸭[aʔ]	侠[iaʔ]	挖[uaʔ]	日[yaʔ]
压[ɑʔ]	约[iɑʔ]		
割[əʔ]	一[iəʔ]	活[uəʔ]	粤[yəʔ]
恶[oʔ]	育[ioʔ]		

（三）苏州话声调

苏州话声调可以用五度标记法①。我们把声调的调高分为 5 等，分别标以 1、2、3、4、5。

阴平为高平调，调值为 44。

阳平为低升调，开始为平调，收音时稍微上升，调值为 13。

阴上为高降调，起点很高，降到半低，调值为 52。

阳上声已归入阳去声，声调同阳去声。

阴去为高降低升调，起点较高，降到最低，再稍稍上扬，调值为 412。

阳去为升降调，起点较低，稍一上扬，马上下降到最低，调值为 231。

阴入为高短调，起音高，紧跟一个喉塞音，调值为 4。

阳入为低短调，起音半低，紧跟一个喉塞音，调值为 2。

苏州话的声调具有连读变调的特征，即某个字单独念时的读音与放在词组中连着念时的读音有差异。比如："去布店里买布。"第一个"布"字的声调是阴平，第二个"布"字的声调是阴去。在这里，阴去是本调，阴平是变调。连读变调可以视为用词调减弱字调——通过降低或省略词组里单个字声调的曲折度，从而保证词调的柔顺与悦耳。吟诵的时候，如果速度较慢，那就不需要考虑连读变调，都用本调；如果速度较快，则需要考虑连读变调。

无论是苏州人还是非苏州人，在学习苏州吟诵之前，都不妨系统地学习苏州话的声母、韵母和声调。由于现在的汉语拼音只能用于普通话注音，不能用于方言注音，故苏州话声母、韵母的注音需要使用国际音标。如果你已经对苏州方言有了一定程度的掌握，只是在面对某些字的苏州话读音时有些吃不准，那么还有一个取巧的办法。取《韵学骊珠》之类的韵书，根据上面的反切提示，进行切读。反切上字取声母、取阴阳，反切下字取韵母、取四声。这样就能知道所切之字的声母、韵母与声调了。比如，"同：陀红切"，"陀"取声母[d]，取阴阳为阳；"红"取韵母[oŋ]，取四声为平声。于是"同"字就读为[doŋ]，声调为阳平。

---

① 五度标记法是由赵元任创制的用五度竖标来标记调值相对音高走势的一种方法。画一条竖线为坐标，分为四格五度，表示声调的相对音高。并在竖线的左侧画一条反映音高变化的走势的短线，表示音高升降变化的格式。根据音高变化的走势，或平、或升、或降、或弯曲，制成五度标调符号。

二、南调北吟需要注意的问题

如果不考虑情感与嗓音,那么一首既成的苏州吟诵调,则包含基本吟调与苏州字声两个元素。由于苏州方言的吟诵只能局限于吴语区,所以为了全国性传播,不得不将苏州话改为普通话进行套调吟诵。

如果将苏州话直接改为普通话,那么在声母、韵母方面的问题倒不大,但在声调方面则会产生一些问题。其一,苏州话的入声将会改为普通话的平上去三声。其二,苏州话的上声是由高到低的旋律;而普通话的上声是由高到低再到高的旋律,简化后则为由低到高的旋律。两者正好相悖。其三,苏州话的阳声将会改为普通话的阴声。由于连读变调的作用,苏州话词组首字位上的阳声起调比较低,但变为普通话的阴声后起调比较高。两者又正好相悖。这种情况在苏州话的阳去声改为普通话的阴去声时尤其明显。

解决这些问题的方式有三。其一,使用普通话的声母与韵母,保留苏州话的声调与基本吟调。优点是具有江南吟诵的韵味,缺点是会产生倒字。其二,使用普通话的声母、韵母和声调,保留苏州话的基本吟调。优点是不会产生倒字,缺点是会丧失江南吟诵的韵味。其三,上述两种方式的综合。一方面,使用普通话的声母、韵母和声调,保留苏州话的基本吟调;另一方面,通过在某些字上加前后倚音,以及在苏州话入声的后面加休止符来保留江南吟诵的韵味。通过这样的方法,或许能够兼具两者之长、弥补两者之短。

课后练习

1. 方言的文白异读是如何产生的?
2. 如何利用韵书的反切来学习方言发音?
3. 苏州话的声母、韵母、声调分别有多少?
4. 南调北吟需要注意哪些问题?

第四讲

吟诵的文气

吟诵不能徒有声腔的模仿,而要"因声求气",领悟到文气。

文气并非直观的对象,没有固定的形态,缺乏严格的定义,故难以把捉。曾国藩首创古文四象之说,唐文治继承而发扬光大。借助四象理论,我们可以比较容易地把捉文气。

"盈天地者皆气",此气为存在的整体状态,是为元气。元气时时刻刻都在变化。元气之伸展状态为阳气,元气之收缩状态为阴气,于是一气分为阴阳,是为二仪。收缩再收缩,是为太阴;收缩再伸展,是为少阳;伸展再伸展,是为太阳;伸展再收缩,是为少阴。作为存在的元气本身含有四象,天地万物皆为元气所化,故天地万物都有此四象,人的情感也有此四象。情感由声音显现,最后记录为文辞,文辞也有此四象。

阳刚文分出太阳气势文、少阴情韵文;阴柔文分出少阳趣味文、太阴识度文。于是文章有太阳气势文、少阴情韵文、少阳趣味文、太阴识度文四类。太阳气势文总体上扩充发散,多为情绪激昂的论辩文、情节曲折的叙事文,如《满江红》《木兰辞》等。少阴情韵文阳中毗阴,多为沉郁悲壮、凄婉悱恻的抒情文,如《蒹葭》《湘君》等。少阳趣味文阴中毗阳,多为诙诡奇谲的寓意文、逸趣旷远的闲适文,如《伯牙鼓琴》《长歌行》等。太阴识度文总体上收敛凝静,多为思虑严密、用意深远而措辞含蓄的说理文,如《读书有三到》《弟子规》等。

吟诵太阳气势文时,声调高而疾;吟诵太阴识度文时,声调低而缓;吟诵少阴情韵文、少阳趣味文时,声调则不高不低、不疾不徐。

这样的四象分类与吟诵方式,直接抓住了文章之神,将作者作文时无形之精魂勾勒了出来,使吟诵者可以进一步感知作者的气韵聚散,体会到文章背后所隐藏的往圣先贤的伟大气度。以此训练，长此以往，吟诵者必然可以涵养出自己的德性，培育出自己的浩然之气。

课后练习

1. 四象理论将诗文分为哪四类？
2. 太阳气势文、少阴情韵文、少阳趣味文、太阴识度文分别对应哪类文章？
3. 吟诵声腔与诗文四象的关系是什么？

第五讲

吟诵的进阶

吟诵的学习是一个渐进的过程，除了直接的声腔练习之外，还需要多种学科知识的积累，只有这样，才能知其然，又知其所以然。简而言之，学习吟诵的过程包含吟调学习的外在进阶与三十遍读文法的内在进阶。

一、吟调学习的外在进阶

学习吟诵的声腔，由易到难可以分为如下三个阶段。

（一）初级阶段：可繁可简，套用吟调

掌握基本吟调，可以根据吟诵曲谱学习；也可以根据老师课堂吟诵，按部就班地学习。在学习的过程中，不用去管倒字与否。

初级阶段的完成，以能套调为衡量标准。套调即将原有的吟调套到全新的文字上去吟诵。套调又有简单套调与复杂套调的区分。简单套调：全新的文字与原有的文字，在断句与字数上相一致，这样就比较容易进行套调。复杂套调：全新的文字与原有的文字，在断句与字数上不一致，这样就不容易进行套调。如果全新的文字字数少，就要多音套一字；如果全新的文字字数多，就要一音套多字，甚至延长发展原来的声调。

（二）中级阶段：依照字声，调整吟调

全新的文字替换原有的文字，因为阴阳四声多有不同，所以这个时候，若仍旧依照原有的声调进行套调，那么势必会产生倒字的现象——虽然"腔圆"，但未实

现"字正"。于是，我们要对吟调进行调整，让吟调的旋律与字声的旋律保持基本一致。

调整的方法如下：

其一，将原有的文字分成若干音步。

其二，找出原有的文字中每个音步末字声腔落音。

其三，找出原有的文字中押韵字声腔落音。

其四，找出基本吟调与阴阳四声相配的特征腔。

其五，使全新的文字在音步末字声腔落音、押韵字声腔落音、与阴阳四声相配的特征腔上和原有的吟调的相同处保持一致。

其六，调整不需要保持一致的文字的音高；以需要保持一致的文字的音高为基准，再根据字声的高低变化来斟酌。

其七，根据字声来调整若干主干音的位置；音高提高或下降三度或五度；加上前后倚音；等等。

（三）高级阶段：根据情感，调整吟调

全新的文字替换原有的文字，即使阴阳四声基本相同，但由于辞义不一，所抒发的情感也会千差万别。这个时候，若仍旧在基本吟调上依字行腔，则无法区别不同文字所表达的情感。

比如"牧童遥指杏花村"与"不教胡马度阴山"，除了"牧童"与"不教"在阴阳上有差别外，其余地方阴阳四声完全相同。但这两句诗所表达的情感大有不同，前者婉约，后者豪放。那么，我们就要根据情感，对基本吟调进行调整。

调整的方法主要体现在吟调高低、轻重、快慢的改变，以及特征腔（包含韵字拖腔）的加花、减花上。

需要指出的是，根据情感来调整吟调，需要较高的音乐素养，故在以文人为主体的传统吟诵中不太多见，反而在以乐工伶人为主体的曲艺、戏曲中较为常见。但随着吟诵由书房转向舞台，吟诵音乐的情感表达就显得越来越重要。有志于此的吟诵学习者，不妨多学习曲艺、戏曲中的创腔方法。

二、三十遍读文法的内在进阶

三十遍读文法首倡于唐文治，是吟诵进阶的不二法门。所谓三十遍读文法，就是将一首作品吟诵三十遍，从而获得全面而深入的理解。

（一）第一个十遍寻找文章线索

文章线索是指文章的结构，属于文章之形质。清代以来的文章选本，有的会有圈点。圈点除了有句读功能之外，还有鉴赏功能。圈显示文章命意，点显示文章线索。在圈点的帮助下，吟诵者可以较为容易地把握文章线索。如果没有圈点，吟诵者也可以通过自己的吟诵把握文章线索。

在第一个十遍中，我是我，文是文，我去客观地分析作为对象的文章线索。此时人与文处于二分的状态。

（二）第二个十遍领会文章命意

文章命意是指文章所要表达的情感、精神、主旨，属于文章之精神。如果文章有圈点，所圈之处就是文章命意。如果文章没有圈点，吟诵者也可以通过自己的吟诵把握文章命意。

在第二个十遍中，仍旧我是我，文是文，我去客观地分析作为对象的文章命意。此时人与文仍处于二分的状态。

（三）第三个十遍体悟合一境界

合一境界是指吟诵者的自我精神融入文章命意中，作者之命意由吟诵者之精神得以朗现，此为合一境界。

在第三个十遍中，我即文，文即我，吟诵者与作者在此境界中相互融合。吟诵者完全代入文章作者的角色中，体验作者作文时性情"发而皆中节"之状态。此"发而皆中节"之状态，既是文章作者的，也是文章吟诵者的。此性情的发动，没有古与今的区别，没有人与我的隔阂，完全是体用一源、显微无间的。

课后练习

1. 吟调学习的外在进阶是什么？
2. 三十遍读文法是什么内容？
3. 依照字声来调整吟调的方法是什么？

第六讲

吟诵的功用

朱熹教人学道工夫,半日静坐半日读书。静坐是为去除杂念,读书是为养成正念。所读之书,须是历代圣贤之作。求学者读书时,其所发之意念情感与书中意念情感相合,如同与古圣先贤交往,故妄念不作、正念频生。在儒家工夫论系统中,这半日读书阶段可以看作心性修养工夫的实验室阶段。等到出了书斋,面对真正的生活世界,则正面、负面各类因素都会纷至沓来,这时候求学者就需要以涵养的道德心性去辨别和抉择,承担其应有的社会责任。

吟诵法就是对朱子读书法的细化,其最后达到的功用,由浅及深,可以分为四个层次。简单言之,则为理解诗文、提升写作、修身养性、开物成务这四个面向。

一、理解诗文

人的记忆能力与记忆关联点的多少有很大关系。在我们默读的时候,我们仅仅依靠理解能力这一个记忆关联点来进行记忆;在我们朗读的时候,则有理解能力与文字声音两个记忆关联点;而在我们吟诵的时候,则有理解能力、文字声音、吟诵旋律三个记忆关联点。当然,如果我们一边吟诵一边舞蹈的话,那么在理解能力、文字声音、吟诵旋律之外,还有身段动作这一记忆关联点。记忆关联点越多,记忆越容易。所以,通过吟诵来记忆诗文,比通过默读或朗读来记忆诗文更为容易。

在记忆的基础上,吟诵需要依字行腔、移情行腔。吟诵经过前两个十遍的线索分析、命意探寻,相当于完成了对文章结构和中心思想的探究。同时,吟诵又在声腔吟调上着意,加强了吟诵者对字音字义的敏感度,自然可以促进其对诗文内涵的理解。而当达到第三个十遍时,则文如己出,吟诵者不但能够客观分析文意,而且更在精神上与古人境界相通，可以了解共情文章深意，回味其中神韵。

二、提升写作

通过吟诵掌握了多篇文章的线索、命意、神气之后，吟诵者也可以由自身性情之所发，进行诗文的创作。一方面，通过吟调的练习，吟诵者的性情逐渐可以"发而皆中节"；另一方面，吟诵的范文都是中国历史上的优秀作品，在对于前人的布局笔法非常熟悉，又具有较多的文学素材的情况下，吟诵者的写作就会笔意多带古风，时有常人所不及之处。

三、修身养性

修身养性既是身体上的修养，又是心灵上的修养。从前者来说，阴阳四象的吟诵实则是感受太和之气的伸缩运动，是为养气的方法。正确的吟诵则为呼吸气息之张弛有度。一般的锻炼，是运动身体外部的肌肉；而呼吸气息，则是运动身体内部的肌肉。故从科学角度说，吟诵也有养身之功效。从后者来说，吟诵者常与往圣先贤的道德文章打交道，吟诵者自身的情感与古人"发而皆中节"的情感相合无隙，自会受古人精神之感召，而能磨炼自身之脾气，涵养自身之性格，不断向历代圣贤之人格靠拢。

四、开物成务

当吟诵者被唤醒了自身的德性人格，则如舜那样"沛然莫之能御也"。提升写作仅仅是德性力量表现在文章中，属于初级阶段。这种德性的流露，断不会仅仅局限于诗文的创作之中，还可以处处表现在人伦交往之中，这就是德性力量表现的高级阶段。

吟诵者不应该仅仅满足于做个高超的文章写手，还应该在伦常生活中担负其角色该有的责任，做有担当的父母，或是孝顺的子女，或是刻苦的学生，或是勤劳的工作者，等等。同时，吟诵者还应该担负起更多的社会责任，在既定的伦常角色之外，为社会做出更多贡献，发挥更多积极作用。吟诵的最终目的是培养君子。

课后练习

1. 吟诵的功用有哪些？
2. 为什么吟诵可以增强对于诗文的记忆？
3. 吟诵的最终目的是什么？

第七讲

蒙学的吟诵

第一讲至第六讲是理论篇,从第七讲开始是实践篇。对于吟诵的初阶学习者而言,只要掌握基本吟调,能够套调就可以了。学有余力者若是能在此基础上对吟调进行一定程度的依字行腔的调整,那就更好了。

吟调因地区、文体而不同。以下内容,主要是各类文体苏州吟诵的基本吟调,以及在基本吟调基础上根据苏州话文读音依字行腔的调整。由于依情行腔不是吟诵初阶学习的重点,所以不做详细介绍,这里仅仅将各类诗文标明四象。同时,由于吟诵者嗓音条件各异,所以吟诵曲谱不标调号。吟诵者可以根据各自的音高来定调。

蒙学主要有《三字经》《弟子规》《千字文》《百家姓》《笠翁对韵》等。其中,《三字经》《弟子规》是三言句,其吟调为一种类型;《千字文》《百家姓》为四言句,其吟调为另一种类型;《笠翁对韵》为杂言句,其吟调又为一种类型。

蒙学的吟调融合了裴金宝、俞慧珍等诸位前辈的传调,三言、四言、杂言的蒙学吟诵,都有各自的旋律特征。

一、三言的吟诵

其一,基本吟调。

一般为三字两拍。三字分为前两字后一字。前两字每字各占半拍,总占一拍;后一字占一拍。这样三字共占两拍。四个三言句组成一个乐句,分为高腔与低腔。高腔以356三个音为主,低腔以561三个音为主。一般前面用高腔,后面用低腔,但也可以进行适当变化。

其二，依字行腔。

在高腔中，阴平字用5或53，阳平字用3；上声字用6或53；阴去字与阳去字用535或53；阴入字用50，阳入字用30。

在低腔中，阴平字用1或16，阳平字用6或56；上声字用16；阴去字与阳去字用156或16；阴入字用10，阳入字用60。

若是有连读变调的情况，则根据变调后的读音分别在高腔与低腔中寻找相应的音高来匹配。

（一）《三字经（节选）》的吟诵

1. 吟诵篇章

三字经（节选）

南宋·王应麟

人之初，性本善。性相近，习相远。苟不教，性乃迁。教之道，贵以专。
昔孟母，择邻处。子不学，断机杼。窦燕山，有义方。教五子，名俱扬。
养不教，父之过。教不严，师之惰。子不学，非所宜。幼不学，老何为。
玉不琢，不成器。人不学，不知义。为人子，方少时。亲师友，习礼仪。
香九龄，能温席。孝于亲，所当执。融四岁，能让梨。弟①于长，宜先知。
首孝悌，次见闻。知某数，识某文。一而十，十而百。百而千，千而万。
三才者，天地人。三光者，日月星。三纲者，君臣义。父子亲，夫妇顺。

2. 内容简释

王应麟（1223—1296），字伯厚，号深宁居士，又号厚斋，南宋学者、教育家，与胡三省、黄震并称"宋元之际浙东学派三大家"。他一生著有《三字经》《困学纪闻》《小学绀珠》《玉海》《诗地理考》等。《三字经》以儒家思想为核心，形式上为三言韵文，内容上包含哲学、文学、历史、地理、人伦义理、忠孝节义等。

"人之初"的"初"，既是指人刚刚出生的时候，又是指人的最初本源。"性本善"是指人的本性是纯善的。人由于禀气清浊厚薄不同，故而在气性上有所差异，但在理性上则都是纯善的。纯善之理性与差异之气性相合而为现实之性。虽然此现实之性人人不同，但好善恶恶可谓相近。后天熏习不同，导致人或蒙蔽或显豁纯善之性，故在后天的变化中人有善有恶，相去千里。如果后天不对人进行教化，那么其就容易随波逐流，玩物丧志。而教育的根本原则，则在于持之以恒、专心致志。

对于孩童的教育，父母和老师都有责任。一个人孩童时不加学习，年长后就无

---

① 弟：同"悌"，指尊敬兄长。

法在社会上立身处世。文章举了孟母三迁与窦燕山教子的例子来说明后天教育的重要性。文章又举了黄香与孔融的例子来说明已经有古人在伦理道德上做出了榜样。

3. 参考吟谱①

全文以知识记诵为主,为太阴文,吟谱如下:

3 5 3 5	3 6 3 3 5	1 6 1 6	6 0 1 1
人 之 初,	性 本 善。	性 相 近,	习 相 远。

5. 5 3	3 6 3 5. 3	1 6 1 6	1 1 6 1. 6
苟 不 教,	性 乃 迁。	教 之 道,	贵 以 专。

5 3 5 6	1 0 6 1 1. 6	1 6 1 0 1 0	6 1 1. 6
昔 孟 母,	择 邻 处。	子 不 学,	断 机 杼。

3 5 3 5	1 6 1 1	1 6 1. 6	3 5 3 3 5
窦 燕 山,	有 义 方。	教 五 子,	名 俱 扬。

3 5 0 3	6 1 6 6	6 1 0 6	1 1 6 5 6
养 不 教,	父 之 过。	教 不 严,	师 之 惰。

6 1 0 6 0	3 6 3 3 5	6 1 0 6 0	1 1 6 5 6
子 不 学,	非 所 宜。	幼 不 学,	老 何 为。

6 1 0 6 0	1 6 1 6	6 1 0 6 0	1 0 1 6 5 6
玉 不 琢,	不 成 器。	人 不 学,	不 知 义。

3 3 5 3	5 6 3 3 5	1 1 6	1 0 1 6 5 6
为 人 子,	方 少 时。	亲 师 友,	习 礼 仪。

5 5 3 3 5	6 1 1 6 0	6 1 1	1 6 1 1 0
香 九 龄,	能 温 席。	孝 于 亲,	所 当 执。

6 1 6 1. 6	6 1 6 5 6	6 6	6 1 1
融 四 岁,	能 让 梨。	弟 于 长,	宜 先 知。

---

① 《教程》所录吟谱乃参考吟谱,实际吟诵时自由度较高,不一定与吟谱一一对应。

[吟谱：]
```
1̂ 1̂       1̂        2̂           1̂
6 1 6 · 6 | 6 1 6 5 6 | 1 1 · 6 | 6 1 6 5 6 |
首 孝 悌，   次 见 闻。    知 某 数，  识 某  文。

1 0 6 1 6 0 | 6 0 6 1 1 0 | 1 0 6 1 1 | 5 3 5̃ 3 5 |
一 而 十，    十 而 百。     百 而 千，   千 而 万。

        1̂              1̂           1̂
1 6 1 · 6 | 1 1 6 5 6 | 1 1 6 · 6 | 6 6 0 1 1 |
三 才 者，   天 地 人。    三 光 者，   日 月 星。

5 5 3 5̃ 3 | 5 5 3 5̃ 3 5 | 6 1 6 1 | 5 5 3 5̃ 3 5 ‖
三 纲 者，   君 臣 义。     父 子 亲，  夫 妇 顺。
```

《三字经(节选)》苏州话　　　《三字经(节选)》普通话

(二)《弟子规(节选)》的吟诵

1. 吟诵篇章

弟子规(节选)

清·李毓秀

冠必正，纽必结。袜与履，俱紧切。置冠服，有定位。勿乱顿，致污秽。

……

唯德学，唯才艺。不如人，当自砺。若衣服，若饮食。不如人，勿生戚。

2. 内容简释

李毓秀(1647—1729)，字子潜，号采三，清初学者、教育家。创办敦复斋讲学，人称"李夫子"。著有《弟子规》。《弟子规》是清代的三言韵文，以述说道德教条与伦理规范为主，内容比《三字经》单一。

首四句教导人们要注重仪表，保持整洁。次四句教导人们要有条理地摆放物品，保持环境清洁。再四句鼓励人们要在道德学问、才能技艺上不甘人后、奋发图强。终四句告诫人们不要进行物质上的攀比。

3. 参考吟谱

该作品为太阴文，吟谱如下：

```
5̂3̂5  53  | 3.5 30  | 1̂6̂1̂6̂  | 6̂1̂6̂ 0 |
冠 必 正，  纽 必 结。  袜与履，  俱紧切。

5̂3̂5  3̂05  | 5̂ 3̂3̂5̂3̂  | 1̇0̇1̇6̇ 1̇.6̇ | 5̂3̂5  5.3 |
置 冠 服，  有 定 位。  勿 乱 顿，  致 污 秽。

6.1̂ 6̇ 0 | 6̂6̂1̇ 5̂6̂ | 5̂0̂5̂3̂ 3̂5̂ | 1̂1̂6̂ 5̂6̂ |
唯 德 学，  唯 才 艺。  不 如 人，  当 自 砺。

6̇0̇1̇ 6̇ 0 | 3̂0̂5̂3̂ 3̂0̂ | 1̂0̂1̂6̂ 6̂ | 1̂0̂1̂ 1 0 ‖
若 衣 服，  若 饮 食。  不 如 人，  勿 生 戚。
```

《弟子规（节选）》苏州话　　　《弟子规（节选）》普通话

二、四言的吟诵

其一，基本吟调。

一般为四字两拍。前两字占一拍，后两字占一拍；也可以前三字占一拍，后一字占一拍。这样四字共占两拍。四个四言句组成一个乐句，分为高腔与低腔。高腔以356三个音为主，低腔以612三个音为主。一般前面用高腔，后面用低腔，但也可以进行适当变化。

其二，依字行腔。

在高腔中，阴平字用6，阳平字用5或35；上声字用53；阴去字与阳去字用53；阴入字用50，阳入字用30。

在低腔中，阴平字用2，阳平字用1或6；上声字用21或16；阴去字与阳去字用16；阴入字用10，阳入字用60。

若是有连读变调的情况，则根据变调后的读音分别在高腔与低腔中寻找相应的音高来匹配。

（一）《百家姓（节选）》的吟诵

1. 吟诵篇章

百家姓（节选）

北宋・佚名

赵钱孙李，周吴郑王。冯陈褚卫，蒋沈韩杨。

朱秦尤许，何吕施张。孔曹严华，金魏陶姜。

戚谢邹喻，柏水窦章。云苏潘葛，奚范彭郎。

鲁韦昌马，苗凤花方。俞任袁柳，酆鲍史唐。

2. 内容简释

《百家姓》为四言韵文，四字一组，排列姓氏。全文读起来朗朗上口，对于中国姓氏文化的传承起到了巨大作用。由于该书源于北宋，故以宋朝皇帝赵姓为首姓。

3. 参考吟谱

该作品为太阴文，吟谱如下：

《百家姓（节选）》苏州话　　《百家姓（节选）》普通话

(二)《千字文(节选)》的吟诵

1. 吟诵篇章

千字文(节选)

南北朝·周兴嗣

天地玄黄,宇宙洪荒。日月盈昃,辰宿列张。

寒来暑往,秋收冬藏。闰余成岁,律吕调阳。

云腾致雨,露结为霜。金生丽水,玉出昆冈。

剑号巨阙,珠称夜光。果珍李柰,菜重芥姜。

2. 内容简释

周兴嗣(469—537),字思纂,南北朝时期梁朝人,史学家。著有《千字文》《皇帝实录》《皇德记》《起居注》《职仪》等。《千字文》是用一千个汉字组成的韵文,涵盖了自然现象、历史地理、伦理道德等多方面的内容。

该作品从宇宙起源、季节变化、气候生成、历法计算、珍宝食物等多个方面进行阐述,展现了古人对自然界的深刻认识和丰富想象。

3. 参考吟谱

该作品为太阴文,吟谱如下:

《千字文(节选)》苏州话　　《千字文(节选)》普通话

三、杂言的吟诵

其一，基本吟调。

基本吟调有三言、四言、五言、七言。三言、四言参照前面所论。五言第一字、第二字合一拍，第三字、第四字合一拍，最后一字合一拍。七言第一字、第二字合一拍，第三字、第四字合一拍，第五字、第六字合一拍，最后一字合一拍。碰到平声字音拖长时，拖长处可以随机增加一拍。逢押韵为一个乐句。主要有123三个音，字根据阴阳四声的高低用123三音进行排列，最后落音落在1上。

其二，依字行腔。

每一个杂言句都可以被分为若干个词组。如果句子字数为偶数，则可将该句分为若干个两字词组，根据每个词组中两字的相对音高来匹配音阶。若是前高后低，则以32或31为主音；若是前低后高，则以12或13为主音；若是前高后高，则以33为主音；若是前低后低，则以11为主音。

如果句子字数为奇数，则其中偶数部分如同上文一样处理，除去偶数部分，该句所剩的最后一个字，由于占一拍，音值相对较长，故主音可以展开。阴平为3，阳平为1；阴上为3或31；阴去为32，阳去为21，阴入为30，阳入为10。如果上述字在乐句结尾处，那么上声字、去声字可以由本来的2或3下滑到1；平声字则不论阴阳皆为1。

（一）《笠翁对韵(节选)》的吟诵

1. 吟诵篇章

笠翁对韵(节选)

明末清初·李渔

天对地，雨对风。大陆对长空。山花对海树，赤日对苍穹。雷隐隐，雾蒙蒙。日下对天中。风高秋月白，雨霁晚霞红。牛女二星河左右，参商两曜斗西东。十月塞边，飒飒寒霜惊戍旅；三冬江上，漫漫朔雪冷渔翁。

2. 内容简释

李渔(1611—1680)，字谪凡，一字笠鸿，号笠翁，明末清初文学家、戏剧家、美学家。李渔科举考试失利，未能走上仕途，转而致力于文学创作和戏剧研究。著有《笠翁对韵》《闲情偶寄》等。《笠翁对韵》是教导儿童学习对仗与用韵的教材，内容包罗万象，涵盖了天文、地理、花木、鸟兽、人物、器物等各个方面。读起来声韵协调，朗朗上口，颇具文学色彩。

该作品先讲了自然景观，接着讲了气候现象。继而由白天转到夜晚，描写了天上的星象。最后落笔在塞边戍旅、江上渔翁，一派孤寂萧瑟的景象。

3. 参考吟谱

该作品为少阴文，吟谱如下：

| 3 2 1 2 1 | 1 3 1 | 1. 3 3 1 | 1 — |
| 天 对 地， | 雨 对 风。 | 大 陆 对 长 空。 | |

| 3 3 3 2 3 | 3 1 1 | 3 3 0 3 2 3 | 1 — |
| 山 花 对 海 树， | | 赤 日 对 苍 穹。 | |

| 1 3 2 3 1 | 3 1 1 | 1 2 3 3 1 2 | 1 — |
| 雷 隐 隐， | 雾 蒙 蒙。 | 日 下 对 天 中。 | |

| 3 3 2 3.1 1 0 | 1 3 3 2 1 1 | 1 3 1 3 2 | 1 3 2 1 |
| 风 高 秋 月 白， | 雨 霁 晚 霞 红。 | 牛 女 二 星 | 河 左 右， |

| 3 2 2 1 1 3 | 3 1 2 1 | 1 3 3 1 3 | 3 3 2 1 3 2 |
| 参 商 两 曜 斗 西 东。 | | 十 月 塞 边， | 飒 飒 寒 霜 |

| 3. 3 2 1 1 | 3 3 2 2 1 | 3. 2 3 3 0 | 1 3 1 — |
| 惊 戍 旅； | 三 冬 江 上， | 漫 漫 朔 雪 | 冷 渔 翁。 |

《笠翁对韵（节选）》苏州话

《笠翁对韵（节选）》普通话

课后练习

1. 熟练掌握蒙学吟诵的基本吟调。
2. 挑选蒙学吟诵中的某一段吟谱，分析文字声调与吟谱音高的关系。
3. 请尝试吟诵以下内容：

笠翁对韵·二冬(节选)

明末清初·李渔

晨对午,夏对冬。下饷对高春。青春对白昼,古柏对苍松。垂钓客,荷锄翁。仙鹤对神龙。凤冠珠闪烁,螭带玉玲珑。三元及第才千顷,一品当朝禄万钟。花萼楼间,仙李盘根调国脉;沉香亭畔,娇杨擅宠起边风。

第八讲

《诗经》的吟诵

其一,基本吟调。

《诗经》的吟诵使用唐文治先生的吟调(唐调),基本旋律如下:

6 6 i 3 5 — | 6 6 i 3 5 — | 2 2 3 i i — | 2 2 3 i 6 5 — |

四字四拍。前两字占一拍,第三字占一拍,第四字占两拍。四个四言句组成一个乐句,最后落音落在 5 上。旋律基本上是中音拉长上扬,再降到低音。第二次中音拉长上扬,再降到低音。第三次将原来旋律线整体上移模进。第四次则是在第三次的基础上下降至 5,成为尾调。

其二,依字行腔。

《诗经》唐调吟诵的四条旋律线,在具体作品的实际吟诵时并不是只能原封不动地排列,而是可以根据字声灵活使用。我们看一首作品的文字,四字句的最后两个字,若是前低后高,就用 6 6 i 3 5 —;若是前高后低或前后高低一致,就用 2 2 3 i i —。此外,除了 2 2 3 i 6 5 — 可以作尾调之外,6 6 i 3 5 — 也可以作尾调,它们落音都落在 5 上。

在 6 6 i 3 5 — 这一旋律上,可以将 i 视为上扬的吟调特征,与字声无关,仅仅是《诗经》唐调吟诵的特征腔。6 6 两个音才与字声有关。当四字句的最后两个字前后高低一致时,可以用 6 6 i 3 5 —;当前高后低时,可以用 i 6 i 3 5 —;当前低后高时,可以用 5 6 i 3 5 — 或 6 i 3 5 —。当前低后高而使用 6 i 3 5 — 时,i 就既是特征腔,又与字声有关。

在 2 2 3 i i — 这一旋律上,可以将 3 视为上扬的吟调特征,与字声无关,仅仅是《诗经》唐调吟诵的特征腔。2 2 两个音才与字声有关。当四字句的最后两个字前后高低一致时，可以用 2 2̲3̲ i̇ i̇ -；当前高后低时，可以用 3 2̲3̲ i̇ i̇ -；当前低后高时，可以用 1̲2̲3̲ i̇ i̇ - 或 2̲3̲ i̇ i̇ -。当前低后高而使用 2̲3̲ i̇ i̇ - 时，3 就既是特征腔，又与字声有关了。

碰到入声字的时候，可以使用出口即断的方法，也可以使用拉长入声字所在词组里的其他非入声字时值从而导致入声字时值变短的方法。

《诗经》唐调的吟调旋律特征较强，一方面朗朗上口，易学易会；另一方面也容易与字声的旋律产生矛盾，导致倒字现象的产生。初学的时候，吟诵者可以直接套调，为了熟悉基本吟调，不用考虑倒字。等到熟练掌握了基本吟调之后，吟诵者就要考虑字声的问题，通过依字行腔，对基本吟调进行调整。比如，直接套调唱《关雎》前四句，旋律如下：

| 6 6̲1̲ 3 5 - | 6 6̲1̲ 3 5 - | 2̇ 2̲3̲ i̇ i̇ - | 2̇ 2̲3̲ i̇ 6 5 - |
| 关 关 雎 鸠， | 在 河 之 洲。 | 窈 窕 淑 女， | 君 子 好 逑。 |

上述套调，在"雎""之"上倒字了，"淑"的入声特征也没有体现出来，于是我们可以对其进行调整。调整的吟谱如下：

| 2̇ 2̲3̲ i̇ i̇ - | 2̇ 2̲3̲ i̇.6̲ 5 - | 6 6̲1̲ 5̲ 0̲ 5 - | 6̲ i̇ 3̇⁵ 5 - |
| 关 关 雎 鸠， | 在 河 之 洲。 | 窈 窕 淑 女， | 君 子 好 逑。 |

或者这样处理：

| 2̇ 2̲3̲ i̇ i̇ - | 2̇ 2̲3̲ i̇.6̲ 5 - | 2̇ 2̲3̲ i̇ 0̲ i̇ - | 2̇ 2̲3̲ i̇ 6 5 - |
| 关 关 雎 鸠， | 在 河 之 洲。 | 窈 窕 淑 女， | 君 子 好 逑。 |

后面的两种处理，"雎""之"保留了平声字的吟法，"淑"保留了阴入声字的吟法，就比直接套唱更进了一步。

（一）《采薇（节选）》的吟诵

1. 吟诵篇章

采薇（节选）

昔我往矣，杨柳依依。今我来思，雨雪霏霏。
行道迟迟，载渴载饥。我心伤悲，莫知我哀！

2. 内容简释

《诗经》是中国最早的一部诗歌总集，相传由孔子所删定，收录了自西周初年至春秋中叶大约 500 年的诗歌 305 首，又称为"诗三百"。《诗经》在内容上分为风、雅、颂,在手法上分为赋、比、兴,具有极高的文学价值与史学价值。

"昔我往矣,杨柳依依"是说从前我出征的时候,杨柳随风轻摆。此句表达了主人公背井离乡时对故乡和爱人的依恋之情。"今我来思,雨雪霏霏"是说如今我归来的时候,却是大雪纷飞。此句描述了主人公归来时的凄凉景象,暗示了时间的流逝和物是人非的遗憾。"行道迟迟,载渴载饥"是说在回家的路上,道路泥泞难走,我又渴又饿。此句表明了归途的艰辛和疲惫。"我心伤悲,莫知我哀"是说我心里充满了悲伤,没有人能理解我的哀愁。此句抒发了主人公内心的孤独和哀伤。此诗以戍边战士的口吻,道出了从军将士生活的艰辛和对故乡、爱人的思念。

3. 参考吟谱

该作品为少阴文,吟谱如下:

[吟谱乐谱]

昔我往矣, 杨柳依依。 今我来思,
雨雪霏霏。 行道迟迟, 载渴载饥。
我心伤悲, 莫知我哀!

《采薇(节选)》苏州话　　《采薇(节选)》普通话

(二)《关雎》的吟诵

1. 吟诵篇章

关雎

关关雎鸠,在河之洲。窈窕淑女,君子好逑。
参差荇菜,左右流之。窈窕淑女,寤寐求之。
求之不得,寤寐思服。悠哉悠哉,辗转反侧。
参差荇菜,左右采之。窈窕淑女,琴瑟友之。
参差荇菜,左右芼之。窈窕淑女,钟鼓乐之。

2. 内容简释

"关关雎鸠，在河之洲。窈窕淑女，君子好逑"，通过描写雎鸠鸟在河中小岛上的相互鸣叫，引出君子对美好女子的追求。"参差荇菜，左右流之。窈窕淑女，寤寐求之"，以荇菜随着水流漂浮不定，形容女子的身影忽隐忽现，使得君子日夜思念不已。"求之不得，寤寐思服。悠哉悠哉，辗转反侧"，君子思绪万千，翻来覆去，难以入眠，表现君子追求不得的失落。"参差荇菜，左右采之。窈窕淑女，琴瑟友之"，描述君子与这位淑女相处的美好场景，两人一起弹琴鼓瑟。"参差荇菜，左右芼之。窈窕淑女，钟鼓乐之"，君子用钟鼓之乐来迎接这位淑女，表达对她最高的敬意和喜爱。此诗描绘了君子对淑女的倾慕和追求，充满了古朴纯真的情感。

3. 参考吟谱

该作品为少阴文，吟谱如下：

《关雎》苏州话　《关雎》普通话

（三）《蒹葭》的吟诵

1. 吟诵篇章

蒹葭

蒹葭苍苍，白露为霜。所谓伊人，在水一方。
溯洄从之，道阻且长。溯游从之，宛在水中央。
蒹葭萋萋，白露未晞。所谓伊人，在水之湄。
溯洄从之，道阻且跻。溯游从之，宛在水中坻。
蒹葭采采，白露未已。所谓伊人，在水之涘。
溯洄从之，道阻且右。溯游从之，宛在水中沚。

2. 内容简释

诗人通过描述秋日里的芦苇、露水来营造朦胧而清新的意境，并通过追寻"伊人"，表现出对美好事物的向往，以及追求过程中的艰难与执着。此诗回环往复、一唱三叹，其朦胧深邃的意境、含蓄隽永的情感给人以无尽的遐想和回味。

3. 参考吟谱

该作品为少阴文，吟谱如下：

2̇ 2̇ 1̇ 1̇ —	6 0 1 3 5 —	2̇ 3̇ 1̇ 1̇ —
蒹葭苍苍，	白露为霜。	所谓伊人，

2̇ 3̇ 1̇ 0 6 5 —	6 6 1 3 5 —	2̇ 3̇ 1̇ 6 5 —
在水一方。	溯洄从之，	道阻且长。

1̇ 6 6 3 5 —	2̇ 2̇ 3̇ 1̇ 6 5 —	2̇ 2̇ 1̇ 1̇ —
溯游从之，	宛在水中央。	蒹葭萋萋，

6 0 1 3 5 —	2̇ 3̇ 1̇ 1̇ —	2̇ 3̇ 1̇ 6 5 —
白露未晞。	所谓伊人，	在水之湄。

6 6 1 3 5 —	2̇ 3̇ 1̇ 6 5 —	1̇ 6 6 3 5 —
溯洄从之，	道阻且跻。	溯游从之，

2̇ 2̇ 3̇ 1̇ 6 5 —	2̇ 2̇ 1̇ 1̇ —	6 0 1 3 5 —
宛在水中坻。	蒹葭采采，	白露未已。

```
2̇ 3 i̇ i̇  -  | 2̇ 3 i̇6̇ 5  -  | 6 6 i̇ 3 5  -
所谓伊 人,     在水之 涘。      溯洄 从 之,

2̇ 3 i̇6̇ 5  -  | i̇ 6 6 3 5  -  | 2̇ 2̇3̇ i̇6̇ 5  -
道阻且 右。    溯游 从 之,      宛在 水中 沚。
```

《蒹葭》苏州话

《蒹葭》普通话

（四）《式微》的吟诵

1. 吟诵篇章

式微

式微，式微，胡不归？微君之故，胡为乎中露！

式微，式微，胡不归？微君之躬，胡为乎泥中！

2. 内容简释

"式"为发语词，无实义。"微"指天色昏暗，光线不足。"胡不归？"意思是：为什么还不回家？全诗反复表述的内容是：天色已经昏暗，为什么还不回家？如果不是君主的缘故，我们怎么会在露水中、泥浆中干活？此诗以简洁而深沉的笔触，表达了服役之人对遭受统治者压迫、夜以继日在野外劳作的怨愤。

3. 参考吟谱

该作品为少阴文，吟谱如下：

```
2̇ 3 i̇ i̇  -  | 2̇ 3 i̇0 6 5  -  | 2̇ 3 i̇ i̇  -
式微,式 微,    胡 不 归?       微君之 故,

2̇ 2̇ 3̇ i̇6̇ 5  -  | 2̇ 3 i̇ i̇  -  | 2̇ 3 i̇0 6 5  -
胡为 乎中 露!    式微,式 微,    胡 不 归?

2̇ 3 i̇ i̇  -  | 6 6 i̇ 3 5  -
微君之 躬,     胡为 乎泥 中!
```

《式微》苏州话

《式微》普通话

（五）《子衿》的吟诵

1. 吟诵篇章

子衿

青青子衿，悠悠我心。纵我不往，子宁不嗣音？
青青子佩，悠悠我思。纵我不往，子宁不来？
挑兮达兮，在城阙兮。一日不见，如三月兮。

2. 内容简释

"衿"为衣领，"佩"为佩玉的带子。诗句通过对恋人衣着、配饰的描写，以及为何不来的质问，表达了女子对恋人的深深思念和切切期盼。"挑兮达兮，在城阙兮。一日不见，如三月兮"，写出了女子因见不到恋人而在城楼上焦急徘徊的动作和心理。虽然只有一天没见面，但感觉就像过了三个月那么久。此诗通过细腻的动作和心理描写，表现了热恋中女子的真挚情感。

3. 参考吟谱

该作品为少阴文，吟谱如下：

（吟谱略）

《子衿》苏州话　　《子衿》普通话

课后练习

1. 熟练掌握《诗经》吟诵的基本吟调。
2. 《诗经》唐调吟诵时，什么情况下用 6 6 1̇ 3 5 -？什么情况下用 2 2 3 i̇ i̇ -？
3. 请尝试用唐调吟诵以下内容：

诗经·卷阿

有卷者阿，飘风自南，岂弟君子，来游来歌，以矢其音。

伴奂尔游矣，优游尔休矣，岂弟君子，俾尔弥尔性，似先公酋矣。

尔土宇昄章，亦孔之厚矣，岂弟君子，俾尔弥尔性，百神尔主矣。

尔受命长矣，茀禄尔康矣，岂弟君子，俾尔弥尔性，纯嘏尔常矣。

有冯有翼，有孝有德，以引以翼，岂弟君子，四方为则。

颙颙卬卬，如圭如璋，令闻令望，岂弟君子，四方为纲。

凤凰于飞，翙翙其羽，亦集爰止，蔼蔼王多吉士，维君子使，媚于天子。

凤凰于飞，翙翙其羽，亦傅于天，蔼蔼王多吉人，维君子命，媚于庶人。

凤凰鸣矣，于彼高冈，梧桐生矣，于彼朝阳，菶菶萋萋，雍雍喈喈。

君子之车，既庶且多，君子之马，既闲且驰，矢诗不多，维以遂歌。

第九讲

骚体的吟诵

其一，基本吟调。

骚体的吟诵使用唐文治先生的吟调，基本旋律如下：

| 6 6 6 $\dot{1}$ 3 5 | 6 6 6 $\dot{1}$ 3 5 | $\dot{2}\dot{2}\dot{2}\dot{3}$ $\dot{1}$ $\dot{1}$ | $\dot{2}\dot{2}\dot{2}\dot{3}$ $\dot{1}$ 6 5 |

六言句，分成前四字后两字。前四字占一拍，后两字占一拍。四个六言句组成一个乐句，最后落音落在 5 上。旋律基本上是中音拉长上扬，再降到低音。第二次中音拉长上扬，再降到低音。第三次将原来旋律线整体上移模进。第四次则是在第三次的基础上加上下降的尾调。

其二，依字行腔。

骚体唐调的吟调源自《诗经》唐调的吟调。相比《诗经》吟调，骚体吟调每个乐句的字增多，每个字所占吟诵的时值减少。单个字的字声置于词组旋律中，由于连读变调的作用，单个字的字声起伏变弱，反而呈现出词组本身较平的旋律。因此，骚体吟调 666$\dot{1}$ 与 $\dot{2}\dot{2}\dot{2}\dot{3}$ 多以平调为主，由于吟得较快，故亦显不出倒字。

在 666$\dot{1}$ 35 的 35 上，则可以根据字声进行调整。当六言句的最后两个字前低后高时用 35，前后高低一致时用 55，前高后低时用 635。

在 $\dot{2}\dot{2}\dot{2}\dot{3}$ $\dot{1}\dot{1}$ 的 $\dot{1}\dot{1}$ 上，也可以根据字声进行调整。一般有加前倚音 $^{\dot{2}}\dot{1}\dot{1}$ 的处理，以及改为 $\dot{2}\dot{3}\dot{1}$ 的处理。

在 $\dot{2}\dot{2}\dot{2}\dot{3}$ $\dot{1}$65 的 $\dot{1}$65 的尾调上，本来的旋律正好匹配前后高低一致或前高后低的文字排列。如果碰到前低后高的文字排列，则可以将尾调改为 $\dot{2}\dot{2}\dot{2}\dot{3}$ 23$\dot{1}$6 5- 或者 $\dot{2}\dot{2}\dot{2}\dot{3}$ $\dot{1}$2$\dot{1}$6 5-。这样 23 或 $\dot{1}$2 就成为前低音的字声旋律，而 $\dot{1}$6 则成为骚体唐调吟调的特征腔。

(一)《湘君》的吟诵

1. 吟诵篇章

湘君

战国·屈原

君不行兮夷犹,蹇谁留兮中洲。
美要眇兮宜修,沛吾乘兮桂舟。
令沅湘兮无波,使江水兮安流。
望夫君兮未来,吹参差兮谁思。
驾飞龙兮北征,邅吾道兮洞庭。
薜荔柏兮蕙绸,荪桡兮兰旌。
望涔阳兮极浦,横大江兮扬灵。
扬灵兮未极,女婵媛兮为余太息。
横流涕兮潺湲,隐思君兮陫侧。
桂櫂兮兰枻,斲冰兮积雪。
采薜荔兮水中,搴芙蓉兮木末。
心不同兮媒劳,恩不甚兮轻绝。
石濑兮浅浅,飞龙兮翩翩。
交不忠兮怨长,期不信兮告余以不闲。
朝骋骛兮江皋,夕弭节兮北渚。
鸟次兮屋上,水周兮堂下。
捐余玦兮江中,遗余佩兮醴浦。
采芳洲兮杜若,将以遗兮下女。
时不可兮再得,聊逍遥兮容与。

2. 内容简释

屈原(约前340—前278),芈姓,屈氏,名平,字原,战国时期楚国诗人、政治家。屈原早年被楚怀王起用,主张修明法度、联齐抗秦。后为人所谗而见疏,在楚国郢都被秦军攻破后,自投汨罗,以身殉国。主要作品有《离骚》《九歌》《九章》《天问》等。以屈原作品为主体的《楚辞》是中国浪漫主义文学的源头之一,对后世诗歌产生了深远影响。《九歌》是屈原根据楚国民间祭神乐歌加工改写的作品,包含《东皇太一》《云中君》《湘君》《湘夫人》《大司命》《少司命》《东君》《河伯》《山鬼》《国殇》《礼魂》。屈原的《九歌》不仅保留了古代祭歌的特色,还融入了他个人的情感与追求。

诗文以湘君之美好与不降起始，而以诗人求索不已来呼应。诗人认为自己精诚没有达到穷极，故虽有媒而空费劳累。既然枉费而不达，何须徒劳于此，于是捐玦遗佩，以示既尽己力而不可再续。然而，诗人又将其置于江浦之上，以期湘君若能见我则仍可往复。此诗描写了寻神者的求索不已与湘君之灵的婉约美好，抒发了诗人未能与湘君相见的哀怨之情。同时，诗人借助通神不得来抒发自身怀才不遇的哀叹，显示其一颗拳拳报国之心。

3. 参考吟谱

该作品为少阴文，吟谱如下：

6.66 1 3 5	6 6 6 1 5 5	2 2 2 3 1 1	2 2 2 3 1 6 5
君不行兮夷犹，	蹇谁留兮中洲。	美要眇兮宜修，	沛吾乘兮桂舟。
6 5 6 1 3 5	6 6 6 1 5 5	2 2 2 3 1 1	2 2 2 3 1 2 1 6 5
令沅湘兮无波，	使江水兮安流。	望夫君兮未来，	吹参差兮谁思。
6 6 6 1 5 0 5	6 6 6 1 6 3 5	2 2 2 3 1 1	2 2 3 1 2 1 6 5
驾飞龙兮北征，	遭吾道兮洞庭。	薜荔柏兮蕙绸，	荪桡兮兰旌。
6 6 6 1 5 0 5	6 6 6 1 3 5	3 3 5 6 1 5	2 2 2 3 2 3 1 6
望涔阳兮极浦，	横大江兮扬灵。	扬灵兮未极，	女婵媛兮为余太
5 0 0	2 2 2 3 2 3 1	6 6 6 1 3 5	6 6 1 3 5
息。	横流涕兮潺湲，	隐思君兮陫侧。	桂棹兮兰枻，
6 6 1 3 0 5 0	6.66 1 3 5	6 6 6 1 3 0 5 0	2 2 2 3 2 3 1
斲冰兮积雪。	采薜荔兮水中，	搴芙蓉兮木末。	心不同兮媒劳，
2 2 2 3 1 6 5	3 3 5 1 6 5	2 2 3 1 6 5	2 2 2 3 2 3 1
恩不甚兮轻绝。	石濑兮浅浅，	飞龙兮翩翩。	交不忠兮怨长，
2 2 2 3 2 3 1 6	5 -	6 6 6 1 5 5	6 6 6 1 0 5
期不信兮告余以不	闲。	朝骋骛兮江皋，	夕弭节兮北渚。
3 3 5 6 0 5	2 2 3 1 2 1 6 5	6.66 1 5 5	6 6 6 1 3 5
鸟次兮屋上，	水周兮堂下。	捐余玦兮江中，	遗余佩兮醴浦。

```
2 2 2 3 1 1 | 2 2 2 3 1̂6̂5 | 2 2 2 3 2 1 0 | 2 2 2 3 2̂3̂1̂6̂ | 5 — ‖
采 芳 洲 兮 杜 若， 将 以 遗 兮 下 女。 时 不 可 兮 再 得， 聊 逍 遥 兮 容    与。
```

《湘君》苏州话

《湘君》普通话

（二）《离骚（节选）》的吟诵

1. 吟诵篇章

离骚（节选）

战国·屈原

帝高阳之苗裔兮，朕皇考曰伯庸。

摄提贞于孟陬兮，惟庚寅吾以降。

皇览揆余初度兮，肇锡①余以嘉名。

名余曰正则兮，字余曰灵均。

2. 内容简释

该段文字节选于《离骚》，主要讲述了屈原出身于与楚王同姓的贵族家庭及其生辰名字，也叙述了屈原对于美好品质的追求，对于时间流逝的紧迫感，对于自然与人生的感慨，以及对于理想政治的向往。此诗不仅展示了屈原卓越的文学才华，也反映了他作为政治家的理想和抱负。

3. 参考吟谱

该作品为少阴文兼具太阳文，吟谱如下：

```
6 6 6 1̇ 3 5 5 | 6 6 6 1̇ 5 0 5 | 2̇ 2̇ 3̇ 2̇ 2̇ 3̇ 1̇ |
帝 高 阳 之 苗 裔 兮， 朕 皇 考 曰 伯   庸。 摄 提 贞 于 孟 陬 兮，

2̇ 2̇ 2̇ 3̇ 1̂6̂5 | 6 6 6 1̇ 5 3 5 | 6 6 6 1̇ 1̇ 5 |
惟 庚 寅   吾 以 降。 皇 览 揆 余 初 度 兮， 肇 锡 余 以 嘉 名。

2̇ 2̇ 3̇ 2̇ 3̇ 1̇ | 3̇ 2̇ 3̇ 2̂3̂1̂6̂ | 5 — ‖
名 余 曰 正 则 兮， 字 余 曰 灵   均。
```

① 锡：同"赐"。

《离骚(节选)》苏州话　　《离骚(节选)》普通话

(三)《国殇》的吟诵

1. 吟诵篇章

国殇

战国·屈原

操吴戈兮被犀甲，车错毂兮短兵接。
旌蔽日兮敌若云，矢交坠兮士争先。
凌余阵兮躐余行，左骖殪兮右刃伤。
霾两轮兮絷四马，援玉枹兮击鸣鼓。
天时怼兮威灵怒，严杀尽兮弃原野。
出不入兮往不反，平原忽兮路超远。
带长剑兮挟秦弓，首身离兮心不惩。
诚既勇兮又以武，终刚强兮不可凌。
身既死兮神以灵，魂魄毅兮为鬼雄。

2. 内容简释

此为追悼楚国阵亡士卒的挽诗。全诗通过对激烈悲壮战斗场面的描述，歌颂了为国捐躯的将士们的英雄气概。通过这些诗句，屈原不仅表达了对英雄的敬仰，也寄托了对国家兴亡的深切关注。

3. 参考吟谱

该作品为太阳文，吟谱如下：

6 6 6 1̇	5 5 5 0	6 6 6 1̇	5 3 5 0	2̇ 2̇ 2̇ 3̇	2̇ 3 1̇
操吴戈兮	被犀甲，	车错毂兮	短兵接。	旌蔽日兮	敌若云，

2̇ 2̇ 2̇ 3̇	1̇ 6 5	6 6 6 1̇	5 3 5	6 6 6 1̇	1̇ 3 5
矢交坠兮	士争先。	凌余阵兮	躐余行，	左骖殪兮	右刃伤。

2̇ 2̇ 2̇ 3̇	2̇ 3 1̇	2̇ 2̇ 2̇ 3̇	1̇ 6 5	6 6 6 1̇	5 3 5
霾两轮兮	絷四马，	援玉枹兮	击鸣鼓。	天时怼兮	威灵怒，

```
 6. 6 6 1 | 5 3 5 |    2 2 2 3  2 3 1  |    2 2 2 3  1 6 5 |
严 杀 尽 兮   弃 原 野。    出 不 入 兮  往 不 反,      平 原 忽 兮  路 超 远。

 6 6 6 1  5 3 5  |    6 6 6 1  1 5 5  |    2 2 2 3  2 3 1 |
带 长 剑 兮  挟 秦 弓,      首 身 离 兮  心 不 惩。      诚 既 勇 兮  又 以 武,

 2 2 2 3  1 6 5  |    6 6 6 1  5 3 5  |    6 6 6 1  2 3 1 6  |  5  —  ‖
终 刚 强 兮  不 可 凌。    身 既 死 兮  神 以 灵,    魂 魄 毅 兮 为  鬼      雄。
```

《国殇》苏州话

《国殇》普通话

课后练习

1. 熟练掌握骚体吟诵的基本吟调。
2. 骚体唐调吟诵时,什么情况下使用 6 6 6 1   5 5 ?什么情况下使用 6 6 6 1   3 5 ?
3. 请尝试用唐调吟诵以下内容:

湘夫人

帝子降兮北渚,目眇眇兮愁予,袅袅兮秋风,洞庭波兮木叶下。
登白薠兮骋望,与佳期兮夕张,鸟何萃兮蘋中,罾何为兮木上?
沅有芷兮澧有兰,思公子兮未敢言。荒忽兮远望,观流水兮潺湲。
麋何食兮庭中?蛟何为兮水裔?朝驰余马兮江皋,夕济兮西澨。
闻佳人兮召予,将腾驾兮偕逝。筑室兮水中,葺之兮荷盖。
荪壁兮紫坛,播芳椒兮成堂。桂栋兮兰橑,辛夷楣兮药房。
罔薜荔兮为帷,擗蕙櫋兮既张。白玉兮为镇,疏石兰兮为芳。
芷葺兮荷屋,缭之兮杜衡。合百草兮实庭,建芳馨兮庑门。
九嶷缤兮并迎,灵之来兮如云。捐余袂兮江中,遗余褋兮澧浦。
搴汀洲兮杜若,将以遗兮远者。时不可兮骤得,聊逍遥兮容与!

第十讲

古体的吟诵

一、七言的吟诵

其一，基本吟调。

七言古体的吟诵使用唐文治先生的吟调，基本旋律如下：

模式一：

$\dot{3}\ \dot{3}\dot{2}\ \dot{3}\ \dot{3}\dot{2}\ \dot{3}\ \dot{3}\dot{2}\ \dot{3}\ |\ \dot{3}\ \dot{3}\dot{2}\ \dot{3}\ \dot{3}\dot{2}\ \dot{3}\ \dot{3}\dot{2}\ \dot{1}\ |$

$6\ 6\dot{1}\ 6\ 5\ 6\ \dot{1}\ 5\ 3\ |\ 6\ 6\dot{1}\ 6\ 5\ 6\ 3\ 5\ |$

模式二：

$\dot{3}\ \dot{5}\ \dot{5}\ \dot{3}\ \dot{1}\ \dot{1}\dot{2}\ \dot{3}\ |\ \dot{3}\ \dot{5}\ \dot{3}\ \dot{5}\ \dot{3}\ \dot{3}\dot{2}\ \dot{1}\ 6\ |$

$6\ \dot{1}\ 6.\ 5\ 6\ \dot{1}\ 5\ 3\ |\ 6\ \dot{1}\ 6\ 5\ \overset{\dot{1}}{6}\ |\ \dot{1}\dot{2}65\ |\ 5\ 3\ 3\ |$

七字四拍。第一字、第二字合一拍，第三字、第四字合一拍，第五字、第六字合一拍，第七字合一拍。四个七言句组成一个乐句。

模式一与模式二，前两句都以 3 为主音。模式一以 3 为主音，可以降到 2；模式二以 3 为主音，可以升到 5。模式一与模式二在第三句上基本相同。模式一与模式二在第四句上落调有所不同。模式一尾调落在 5 上；模式二尾调需要将第五字单独算一拍，末字再拖长一拍，最终落在 3 上。

其二，依字行腔。

七言古体唐调的吟调每个乐句的字较多，每个字所占吟诵的时值减少。由于时值减少，每个字只要显示出相对音高的主干音即可。

在前两句中，主要是 2 3 5 三个音。我们可以将吟句分为若干个两字词组，并审查每个词组中前后两字的音高情况。如果是前高后低，就是 5 3；如果是前后音高一致，就是 3 3；如果是前低后高，就是 3 5。

在第三句中，主要是 5 6 i 三个音。我们可以将吟句分为若干个两字词组，并审查每个词组中前后两字的音高情况。如果是前高后低，就是 i 6；如果是前后音高一致，就是 6 6；如果是前低后高，就是 6 i。但第三句最后一个音需要落在 5 上，有时可顺势降到 3 上。

在第四句中的尾调上，如果最末字是上声、去声这些声调下降的字，则用 i 2 6 5 3；考虑到与倒数第二个字声调的关系，有时也会改为 i 6 5 3。如果最末字是平声字，则用 6 3 5；考虑到与倒数第二个字声调的关系，有时也会改为 3 5。

（一）《春江花月夜》的吟诵

1. 吟诵篇章

春江花月夜

唐·张若虚

春江潮水连海平，海上明月共潮生。
滟滟随波千万里，何处春江无月明。
江流宛转绕芳甸，月照花林皆似霰。
空里流霜不觉飞，汀上白沙看不见。
江天一色无纤尘，皎皎空中孤月轮。
江畔何人初见月？江月何年初照人。
人生代代无穷已，江月年年望相似。
不知江月待何人，但见长江送流水。
白云一片去悠悠，青枫浦上不胜愁。
谁家今夜扁舟子？何处相思明月楼。
可怜楼上月徘徊，应照离人妆镜台。
玉户帘中卷不去，捣衣砧上拂还来。
此时相望不相闻，愿逐月华流照君。
鸿雁长飞光不度，鱼龙潜跃水成文。

昨夜闲潭梦落花，可怜春半不还家。
江水流春去欲尽，江潭落月复西斜。
斜月沉沉藏海雾，碣石潇湘无限路。
不知乘月几人归，落月摇情满江树。

2. 内容简释

张若虚(约670—约730)，唐代诗人。曾任兖州兵曹，与贺知章、张旭、包融并称"吴中四士"。《春江花月夜》为其代表作，被誉为唐诗开山之作，享有"孤篇盖全唐"之美誉。

《春江花月夜》描绘了一幅幽美邈远、惝恍迷离的春江月夜图，充满了对美好景致的赞美，以及对时光流转、人事变迁的感慨。该诗包含三个层次的叙事与抒情。首先描绘春江月夜的美景，其次思索宇宙与人生的哲理，最后抒写人间思妇游子的离愁别绪。这三个层次相互关联、层层递进，共同构成了这首诗的丰富内涵和深邃意境。

3. 参考吟谱

该作品为少阴文，吟谱如下：

[吟谱：春江潮水连海平，海上明月共潮生。滟滟随波千万里，何处春江无月明。江流宛转绕芳甸，月照花林皆似霰。空里流霜不觉飞，汀上白沙看不见。江天一色无纤尘，皎皎空中孤月轮。江畔何人初见月？江月何年初照人。人生代代无穷已，江月年年望相似。]

```
1 0 6 6.5 6 1 5 | 6. 1 6 5 5 3 3 | ⌒3̇5 - |
不 知 江 月 待 何 人， 但 见 长 江 送 流      水。

1 0 1 2 1 0 2 3 3 2 3 | 3 3 2 3 2 3 3 0 3 2 1 |
白 云 一 片 去 悠 悠， 青 枫 浦 上 不 胜 愁。

6 1 6 5 6 6 5 3 | 6 6 1 6 5 5.6 3 0 | ⌒3̇5 - |
谁 家 今 夜 扁 舟 子？ 何 处 相 思 明 月      楼。

3 3 2 1 1 2 3 0 3 2 1 | 3 3 2 1 1 2 3 3 2 1 |
可 怜 楼 上 月 徘 徊， 应 照 离 人 妆 镜 台。

6 1 6 5 6.1 5 3 | 6 1 6 5 5 0 3 | 5 - |
玉 户 帘 中 卷 不 去， 捣 衣 砧 上 拂 还 来。

5 3 5 3 3 0 3 2 1 | 3. 5 3 0 3 1 2 3 |
此 时 相 望 不 相 闻， 愿 逐 月 华 流 照 君。

6 1 5.6 1.6 5 3 | 6 1 5. 6 5 3 | 5 - |
鸿 雁 长 飞 光 不 度， 鱼 龙 潜 跃 水 成 文。

3 0 5 3 3 3. 2 1 | 5 3 3 3 3 0 3 2 1 |
昨 夜 闲 潭 梦 落 花， 可 怜 春 半 不 还 家。

1 6 5.6 1.6 5 3 | 1 6 5 5 0 5 0 5 3 | ⌒3̇5 - |
江 水 流 春 去 欲 尽， 江 潭 落 月 复 西      斜。

1. 3 3 3 2 1 3 2 3 | 1 1 0 3 3 2 3 2 1 |
斜 月 沉 沉 藏 海 雾， 碣 石 潇 湘 无 限 路。

1 0 1 6 1.6 6 1 5 | 6 6 0 6 1 6 1 6 5 | 3 - |
不 知 乘 月 几 人 归， 落 月 摇 情 满 江 树。
```

《春江花月夜》苏州话　　《春江花月夜》普通话

二、五言的吟诵

五言古体的唐调吟调有两类，一类是对七言古体的唐调吟调的改造，一类是魏嘉瓒先生所传承的蒋庭曜先生的唐调吟调。先讲述对七言古体的唐调吟调的五言改造。

其一，基本吟调。

通过将七言的旋律缩减为五言的旋律，便可将七言古体的唐调吟调改造为五言古体的唐调吟调。基本旋律如下：

模式一：

$$\dot{3} \quad \underline{\dot{3}\dot{2}} \quad \dot{3} \quad \underline{\dot{3}\dot{2}} \quad \dot{3} \mid \dot{3} \quad \underline{\dot{3}\dot{2}} \quad \dot{3} \quad \underline{\dot{3}\,2} \quad \dot{1} \mid$$

$$6 \quad \underline{6\,5} \quad 6 \quad \underline{\dot{1}} \quad 5 \quad 3 \mid 6 \quad \underline{6\,5} \quad 6 \quad 3 \quad 5 \mid$$

模式二：

$$\dot{3} \quad \dot{5} \quad \dot{3} \quad \underline{\dot{3}\dot{2}} \quad \dot{3} \mid \dot{3} \quad \dot{5} \quad \dot{3} \quad \underline{\dot{3}\,2} \quad \underline{\dot{1}\,6} \mid$$

$$\underline{6\,6\,5} \quad 6 \quad \underline{\dot{1}} \quad 5 \quad 3 \mid \underline{6\,6\,5} \quad 6 \quad \underline{\dot{1}\,2\,6\,5} \quad 5 \quad 3 \quad 3 \mid$$

五字三拍。第一字、第二字合一拍，第三字、第四字合一拍，第五字合一拍。四个五言句组成一个乐句。

模式一与模式二，前两句都以 3 为主音。模式一以 3 为主音，可以降到 2；模式二以 3 为主音，可以升到 5。模式一与模式二在第三句上基本相同。模式一与模式二在第四句上落调有所不同。模式一尾调落在 5 上；模式二尾调需要将第三字单独算一拍，末字再拖长一拍，最终落在 3 上。

其二，依字行腔。

五言古体的唐调吟调每个乐句的字较多，每个字所占吟诵的时值减少。由于时值减少，每个字只要显示出相对音高的主干音即可。

在前两句中，主要是 2 3 5 三个音。我们可以将吟句分为若干个两字词组，并审查每个词组中前后两字的音高情况。如果是前高后低，就是 5 3；如果是前后音高一致，就是 3 3；如果是前低后高，就是 3 5。

在第三句中，主要是 5 6 $\dot{1}$ 三个音。我们可以将吟句分为若干个两字词组，并审查每个词组中前后两字的音高情况。如果是前高后低，就是 $\dot{1}$ 6；如果是前后音高一致，就是 6̇6̇；如果是前低后高，就是 6̇i̇。但第三句最后一个音需要落在 5 上，有时可顺势降到 3 上。

在第四句中的尾调上，如果最末字是上声、去声这些声调下降的字，则用 i̇265 53；考虑到与倒数第二个字声调的关系，有时也会改为 i̇65 53。如果最末字是平声字，则用 63 5；考虑到与倒数第二个字声调的关系，有时也会改为 3 5。

再讲述魏嘉瓒先生所传承的蒋庭曜先生的唐调。

其一，基本吟调。

五言古体唐调的基本旋律如下：

模式一：

3 3̲2̲ i̇ i̲2̲ 3̇ － ｜ i̇·3̲ 2̇ i̇ 6 － ｜ 3 3̲2̲ i̇ i̲2̲ 3̇ － ｜ i̇3̲ 2̇i̲ 6̲1̲5̲6̲ i̇ ｜

模式二：

6 6̲5̲ 3 3̲5̲ 6 － ｜ i̇·3̲ 2̇ i̇ 6 － ｜ 3 3̲2̲ i̇ i̲2̲ 3̇ － ｜ i̇3̲ 2̇i̲ 6̲1̲5̲6̲ i̇ ｜

五字四拍。第一字、第二字合一拍；第三字、第四字合一拍；第五字合两拍，有时合一拍。四个五言句组成一个乐句。模式一是基础模式，奇数句落音落在 3 上，偶数句落音落在 6 上。但一个乐句的最后一句落音落在 i̇ 上，可以视为 i̇ 后面省略了下滑音 6，故有时吟成 i̇3̲ 2̇i̲ 6̲1̲5̲6̲ i̇·6，也未尝不可。模式二对模式一的第一句稍作改动，音阶上移，旋律模进，在情绪较为高昂时使用。

其二，依字行腔。

此吟调旋律特征较强，一方面朗朗上口，易学易会；另一方面也容易与字声的旋律产生矛盾，导致倒字现象的产生。可以直接用上述旋律进行套调吟诵。但如果考虑到依字行腔，则需要对上述基本调进行调整。

以模式一为例，在 3̲3̲2̲ i̲1̲2̲ 3̇ －中，3̲3̲2̲ 可以微调成 3̲3̲、3̲2̲、i̲3̲，对应所配字声上的音高前后一致、前高后低、前低后高。i̲1̲2̲ 可以微调成 i̲1̲、2̲1̲2̲、i̲2̲，对应所配字声上的音高前后一致、前高后低、前低后高。此乐句最后落音落在 3̇ 上，则不能改变。

在 i̇·3̲ 2̇i̲ 6 －中，i̇·3̲ 可以微调成 3̇3̲、3̲1̲3̲、i̲3̲，对应所配字声上的音高前后一致、前高后低、前低后高。2̇i̲ 可以微调成 2̲2̲1̲、i̲3̲2̲1̲、2̲1̲，对应所配字声上的音高前后一致、前高后低、前低后高。

余下乐句的句式与上述两句类似，故其依字行腔的调整可以参看上述两句的调整方法。碰到入声字的时候，可以使用出口即断的方法，也可以使用拉长入声字所在词组的其他非入声字时值从而导致入声字时值变短的方法。

(一)《悯农(其二)》的吟调

1. 吟诵篇章

悯农(其二)

唐·李绅

锄禾日当午,汗滴禾下土。

谁知盘中餐,粒粒皆辛苦。

2. 内容简释

李绅(772—846),字公垂,唐代宰相和诗人,与李德裕、元稹并称"三俊"。著有《悯农》诗两首、《宿扬州》等。

《悯农(其二)》通过描绘农民辛勤劳作和艰难生活的场景,告诉大家爱惜粮食的重要性。也表达了诗人对劳苦农民的同情与怜悯。

3. 参考吟谱

该作品为少阳文,吟谱如下:

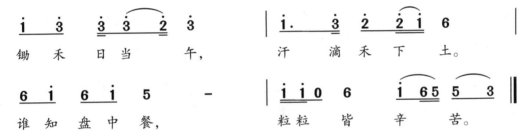

《悯农(其二)》苏州话　　《悯农(其二)》普通话

(二)《饮酒(其五)》的吟诵

1. 吟诵篇章

饮酒(其五)

东晋·陶渊明

结庐在人境,而无车马喧。

问君何能尔?心远地自偏。

采菊东篱下,悠然见南山。

山气日夕佳，飞鸟相与还。

此中有真意，欲辨已忘言。

2. 内容简释

陶渊明(？—427)，名潜，字元亮，别号五柳先生，私谥靖节，东晋诗人、辞赋家、散文家。出身于没落的仕宦家庭，厌倦宦海生涯，在最末一次出仕彭泽县令时，仅八十多天便弃职而去，归隐田园。陶渊明长于诗文辞赋，多田园诗，作品以自然恬淡著称。著有《饮酒》《桃花源记》《归去来兮辞》《五柳先生传》等。

《饮酒(其五)》描述了隐居生活的宁静与超脱，抒发了诗人田园生活的悠闲与自得，以及于忘言之境的人生感悟，体现了其高远淡泊的理想人格。

3. 参考吟谱

该作品为少阴文，吟谱如下：

[吟谱曲谱]

结庐在人境，而无车马喧。

问君何能尔？心远地自偏。

采菊东篱下，悠然见南山。山气日夕佳，

飞鸟相与还。此中有真意，欲辨已忘言。

《饮酒(其五)》苏州话　　　《饮酒(其五)》普通话

(三)《江南》的吟诵

1. 吟诵篇章

江南

汉乐府

江南可采莲，莲叶何田田。鱼戏莲叶间。鱼戏莲叶东，鱼戏莲叶西，鱼戏莲叶南，鱼戏莲叶北。

2. 内容简释

《江南》描绘了江南地区采莲时节的生动画面和鱼儿在莲叶间欢快嬉戏的情景。莲叶的枝繁叶茂，鱼儿的自由自在，渲染出江南水乡的独特魅力，表达了诗人对江南美景的热爱和向往。

3. 参考吟谱

该作品为少阴文，使用魏嘉瓒先生所传承的蒋庭曜先生的唐调吟调，吟谱如下：

![吟谱]

江南可采莲，莲叶何田田。鱼戏莲叶间。
鱼戏莲叶东，鱼戏莲叶西，鱼戏莲叶南，
鱼戏莲叶北。

《江南》苏州话　　《江南》普通话

（四）《长歌行》的吟诵

1. 吟诵篇章

长歌行

汉乐府

青青园中葵，朝露待日晞。
阳春布德泽，万物生光辉。
常恐秋节至，焜黄华叶衰。
百川东到海，何时复西归？
少壮不努力，老大徒伤悲。

2. 内容简释

汉乐府是汉代官方设立的音乐机构，负责收集、整理、改编和演奏各种民间音乐，并用于宫廷宴会、节日等各种场合。后来乐府成为一种带有音乐性的诗体名称。汉乐府有郊庙歌辞、鼓吹曲辞、相和歌辞和杂曲歌辞等类。郊庙歌辞是为统治者祭祀所作的乐歌；鼓吹曲辞原是军歌，后用于宫廷朝会、贵族出行等场合；其余两类包括从各地采集的民间歌谣，这些歌谣通常具有浓厚的生活气息。

《长歌行》是一首乐府诗，诗人通过描绘自然景象，展现了时间的流转和生命的兴衰，抒发了对时间流逝的忧虑和对青春不再的感慨。最后，引出对人生哲理的深刻思考，劝人珍惜光阴，努力奋进。

3. 参考吟谱

该作品为少阳文，使用魏嘉瓒先生所传承的蒋庭曜先生的唐调吟调，吟谱如下：

（吟谱：青青园中葵，朝露待日晞。阳春布德泽，万物生光辉。常恐秋节至，焜黄华叶衰。百川东到海，何时复西归？少壮不努力，老大徒伤悲。）

《长歌行》苏州话

《长歌行》普通话

三、杂言的吟诵

其一，基本吟调。

杂言古体的吟诵，既可以使用七言、五言古体的唐调吟调，也可以使用魏嘉瓒先生所传承的蒋庭曜先生的古体唐调吟调。

其二，依字行腔。

可以直接用前述吟调进行套调吟诵。但如果考虑到依字行腔，则需要对前述基本调进行调整，调整方法类同于七言、五言古体唐调的调整方法。

（一）《敕勒歌》的吟诵

1. 吟诵篇章

敕勒歌

北朝民歌

敕勒川，阴山下，天似穹庐，笼盖四野。
天苍苍，野茫茫，风吹草低见牛羊。

2. 内容简释

"敕勒"是古代北方的一个游牧民族。"敕勒川"是指敕勒人居住的地区。"阴山"为中国北方的一条山脉，位于今内蒙古自治区中部及河北省最北部。

《敕勒歌》通过对敕勒川自然景色的描绘，展现了北方草原游牧民族生活的壮丽图景。该诗境界开阔，具有北朝民歌所特有的明朗豪爽的风格。

3. 参考吟谱

该作品为少阴文，吟谱如下：

《敕勒歌》苏州话　　《敕勒歌》普通话

（二）《咏鹅》的吟诵

1. 吟诵篇章

咏鹅

唐·骆宾王

鹅鹅鹅，曲项向天歌。
白毛浮绿水，红掌拨清波。

2. 内容简释

骆宾王(约640—约684),字观光,唐代诗人,与王勃、杨炯、卢照邻并称"初唐四杰"。出身寒门,七岁能诗,被誉为"神童"。曾为起兵扬州反武则天的徐敬业作《为徐敬业讨武曌檄》,文辞慷慨激昂,气势磅礴。除此之外,还作有《帝京篇》《于易水送人》等。

《咏鹅》诗句简洁明快,形象生动,色彩鲜明,富有童趣。通过对白鹅戏水场景的描绘,表达了诗人对鹅的喜爱和对自然的向往。

3. 参考吟谱

该作品为少阴文,使用魏嘉瓒先生所传承的蒋庭曜先生的唐调吟调,吟谱如下:

《咏鹅》苏州话

《咏鹅》普通话

(三)《木兰辞》的吟诵

1. 吟诵篇章

木兰辞

北朝民歌

唧唧复唧唧,木兰当户织,不闻机杼声,惟闻女叹息。
问女何所思,问女何所忆,女亦无所思,女亦无所忆。
昨夜见军帖,可汗大点兵,军书十二卷,卷卷有爷名。
阿爷无大儿,木兰无长兄,愿为市鞍马,从此替爷征。
东市买骏马,西市买鞍鞯,南市买辔头,北市买长鞭。
旦辞爷娘去,暮宿黄河边,不闻爷娘唤女声,但闻黄河流水鸣溅溅。
旦辞黄河去,暮至黑山头,不闻爷娘唤女声,但闻燕山胡骑鸣啾啾。

万里赴戎机,关山度若飞;朔气传金柝,寒光照铁衣;将军百战死,壮士十年归。

归来见天子,天子坐明堂,策勋十二转,赏赐百千强。

可汗问所欲,木兰不用尚书郎,愿驰千里足,送儿还故乡。

爷娘闻女来,出郭相扶将;阿姊闻妹来,当户理红妆;小弟闻姊来,磨刀霍霍向猪羊。

开我东阁门,坐我西阁床;脱我战时袍,著我旧时裳;当窗理云鬓,对镜帖花黄。

出门看火①伴,火伴皆惊忙,同行十二年,不知木兰是女郎!

雄兔脚扑朔,雌兔眼迷离。双兔傍地走,安能辨我是雄雌?

2. 内容简释

北朝民歌是南北朝时期由北方人民创作的诗歌,主要收录在《乐府诗集》中,今存六十多首。北朝民歌语言质朴无华,风格雄浑壮阔,是了解南北朝时期北方社会风貌、民俗风情的重要资料。

《木兰辞》是一首长篇叙事诗。讲述了一位名叫花木兰的女子女扮男装,代父从军,身经百战,卓立功勋,并最终凯旋,不受天子赏赐之高官厚禄,只求回到故乡恢复女儿身的故事。此诗情节生动、形象鲜明,塑造了一位坚韧不拔的女英雄形象。《木兰辞》在中国文学史上与《孔雀东南飞》合称"乐府双璧"。

3. 参考吟谱

该作品为太阳文,使用魏嘉瓒先生所传承的蒋庭曜先生的唐调吟调,吟谱如下:

```
3 0 3 0  1. 2  3 0  |  1 1 3 2  1 6 0  |  3 0 3 2  3 3 2  3. 2  |
唧 唧 复 唧 唧,        木 兰 当 户 织,      不 闻 机 杼 声,

1 3 2 1  1 5 6 0  |  3 3 2  1 2 3. 2  |  1. 3  1 2 1 6 0  |
惟 闻 女 叹 息。      问 女 何 所 思,       问 女 何 所 忆,

3 3 2 1 2 3  -  |  3. 3 1  1 5 6 0  |  6 6 5 5 3 5  6 0  |
女 亦 无 所 思,       女 亦 无 所 忆。      昨 夜 见 军 帖,

1 3 1  1 2 1 6  |  3 3 2  1. 2 3  |  3 3 2 1  6 1 5 6 1  |
可 汗 大 点 兵,       军 书 十 二 卷,      卷 卷 有 爷 名。
```

---

① 火:同"伙"。

3 32 1 2 3532	11 3 2 1 6	3 32 1 2 3.2
阿爷无大儿，	木兰无长兄，	愿为市鞍马，

6 1 2 1 6156 1	3 32 1 2 3.2	3 1 2 1 6
从此替爷征。	东市买骏马，	西市买鞍鞯，

3 32 1 2 3.2	3 31 21 6156 1	6 65 35 6.5
南市买辔头，	北市买长鞭。	旦辞爷娘去，

1.3 2 321 6	3 0 32 1.2 3 32 3
暮宿黄河边，	不闻爷娘唤女声，

1 12 35 2321 2321 6156 1	6 5 35 6.5
但闻黄河流水鸣溅溅。	旦辞黄河去，

1.3 1 21 6	3 0 32 1.2 3 32 3
暮至黑山头，	不闻爷娘唤女声，

1 12 53 2321 2321 6156 1	3 32 1 2 3
但闻燕山胡骑鸣啾啾。	万里赴戎机，

3 3 2.1 6	3 32 1 2 3 0	1 3 2.1 6
关山度若飞；	朔气传金柝，	寒光照铁衣；

3 32 3 0 2 3	3 1 2 0 1 6156 1	3 32 1 2 3.2
将军百战死，	壮士十年归。	归来见天子，

3 1 2.1 6	3 0 32 1 0 2 3.2	1 1 2 0 1 6 56 1
天子坐明堂，	策勋十二转，	赏赐百千强。

3 32 1 2 3 0	1.2 355 2 1 6	3 32 1 1 3 0
可汗问所欲，	木兰不用尚书郎，	愿驰千里足，

1 3 21 1 56 1	3 32 1 2 3532	3 30 2 21 6
送儿还故乡。	爷娘闻女来，	出郭相扶将；

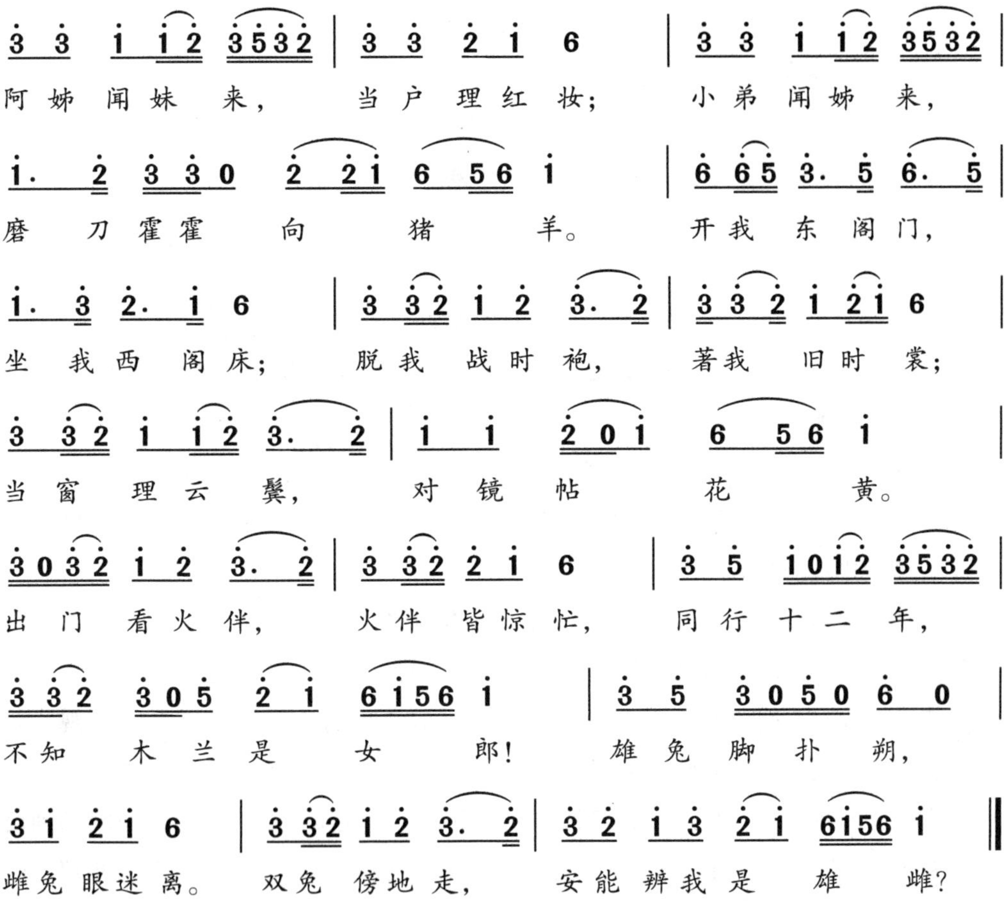
阿姊闻妹来，当户理红妆；小弟闻姊来，
磨刀霍霍向猪羊。开我东阁门，
坐我西阁床；脱我战时袍，著我旧时裳；
当窗理云鬓，对镜帖花黄。
出门看火伴，火伴皆惊忙，同行十二年，
不知木兰是女郎！雄兔脚扑朔，
雌兔眼迷离。双兔傍地走，安能辨我是雄雌？

《木兰辞》苏州话　　《木兰辞》普通话

（四）《将进酒》的吟诵

1. 吟诵篇章

将进酒

唐 · 李白

君不见黄河之水天上来，奔流到海不复回。
君不见高堂明镜悲白发，朝如青丝暮成雪。
人生得意须尽欢，莫使金樽空对月。
天生我材必有用，千金散尽还复来。

烹羊宰牛且为乐，会须一饮三百杯。
岑夫子、丹丘生，将进酒，杯莫停。
与君歌一曲，请君为我倾耳听。
钟鼓馔玉不足贵，但愿长醉不愿①醒。
古来圣贤皆寂寞，唯有饮者留其名。
陈王昔时宴平乐，斗酒十千恣欢谑。
主人何为言少钱，径须沽取对君酌。
五花马，千金裘，呼儿将出换美酒，与尔同销万古愁。

2. 内容简释

李白(701—762)，字太白，号青莲居士，又号谪仙人，唐代浪漫主义诗人。被后人誉为"诗仙"，与杜甫并称"李杜"。代表作有《将进酒》《蜀道难》《早发白帝城》《望庐山瀑布》等。

《将进酒》以饮酒为题材，借题发挥，根据诗歌的内容和情感变化，可以分为五个层次。其一，以黄河之水与明镜白发起兴，抒发了对时光易逝、人生易老的悲叹。其二，告诫人们要珍惜眼前时光，表达了对才华的自信和对未来的乐观。其三，描绘了诗人与友人痛饮狂歌的欢乐场景，同时也透露出诗人内心的愤懑和不平。他鄙视那些追求名利、结党营私的豪门贵族，对现实社会的不公和黑暗感到愤怒和无奈。其四，表达了诗人对权贵的蔑视和对自由的追求，认为只有那些超凡脱俗、享受精神自由的人才能留下美名。其五，以陈王曹植的典故深化诗歌的主题，表示愿意用一切珍贵的东西来换取美酒，与友人一同消解万古愁绪。该诗情感饱满，跌宕起伏，笔墨酣畅，大开大阖，表现了诗人乐观自信、放达不羁的精神和勇往直前的力量。

3. 参考吟谱

该作品为太阳文，吟谱如下：

| 3.2 1 | 1 1 2 3 3 2 3 3 2 1 | 3 3 2 3 3 2 3 0 2 0 1 |
| 君 不 见 | 黄河 之水 天上 来， | 奔流 到海 不复 回。 |

| 3.2 1 | 3 3 2 1 1 2 3.2 3 0 | 3 3 2 3 3 2 3 3 2 1 0 |
| 君 不 见 | 高堂 明镜 悲白 发， | 朝如 青丝 暮成 雪。 |

---

① 愿：一作"复"，但愿长醉不复醒。

6̇1̇ 605 6̇1̇ 5 | 6̇1̇. 6̇ 5 6̇ | 1̇2̇6̇5 | 3 0 0 |

人生 得 意 须 尽 欢， 莫 使 金 樽 空 对 月。

5̇3̇ 5̇3̇ 3̇3̇2̇1̇ | 5̇3̇ 5̇3̇ 1̇.2̇1̇ | 6̇6̇5̇ 6̇1̇1̇6̇5̇3 |

天生 我 材 必 有 用， 千金 散 尽 还 复 来。 烹羊 宰牛 且 为 乐，

6̇1̇ 65. 6. 53 0 | 5 — | 1̇ 2̇ 3̇ 3̇3̇2̇1̇ |

会 须 一 饮 三 百 杯。 岑 夫 子、 丹 丘 生，

3̇3̇2̇3̇ 3̇.2̇1̇ | 6̇1̇ 1̇.6̇ 1̇0 | 6̇1̇ 6̇5 6̇ 3 |

将 进 酒， 杯 莫 停。 与 君 歌 一 曲， 请 君 为 我 倾 耳

5 — | 5̇3̇ 3̇.5̇ 3̇0 2̇0 1̇ | 3̇ 5̇ 3̇ 5̇ 3̇0 3̇2̇1̇ |

听。 钟 鼓 馔 玉 不 足 贵， 但 愿 长 醉 不 愿 醒。

6̇1̇ 6̇5 6̇1̇ 5̇0 | 6̇.1̇ 6̇5 6̇1̇ 3 | 5 — |

古 来 圣 贤 皆 寂 寞， 唯 有 饮 者 留 其 名。

1̇3̇ 3̇0 1̇ 3̇3̇2̇1̇ | 3̇3̇2̇ 1̇0 2̇ 3̇3̇2̇1̇0 | 6̇5 6̇1̇ 6̇1̇ 5 |

陈王 昔 时 宴 平 乐， 斗酒 十 千 恣 欢 谑。 主人 何 为 言 少 钱，

6̇5 6̇1̇ 6̇ 3 | 5̇ 0 0 | 5̇3̇2̇3̇ 5̇3̇2̇1̇ |

径 须 沽 取 对 君 酌。 五花 马， 千金 裘，

6̇5 6̇.1̇ 6̇1̇ 6̇5 | 6̇1̇ 3̇5̇ 6̇.1̇ 6̇3 | ³5̇ — ||

呼 儿 将 出 换 美 酒， 与 尔 同 销 万 古 愁。

《将进酒》苏州话　　《将进酒》普通话

课后练习

1. 熟练掌握古体吟诵的基本吟调。

2. 请尝试用唐调吟诵以下内容：

赠卫八处士

唐·杜甫

人生不相见，动如参与商。
今夕复何夕，共此灯烛光。
少壮能几时，鬓发各已苍。
访旧半为鬼，惊呼热中肠。
焉知二十载，重上君子堂。
昔别君未婚，儿女忽成行。
怡然敬父执，问我来何方。
问答乃未已①，儿女罗酒浆。
夜雨剪春韭，新炊间黄粱。
主称会面难，一举累十觞。
十觞亦不醉，感子故意长。
明日隔山岳，世事两茫茫。

3. 请尝试用魏嘉瓒先生所传承的蒋庭曜先生的唐调吟诵以下内容：

迢迢牵牛星

迢迢牵牛星，皎皎河汉女。
纤纤擢素手，札札弄机杼。
终日不成章，泣涕零如雨。
河汉清且浅，相去复几许？
盈盈一水间，脉脉不得语。

---

① 乃未已：一作"未及已"。

第十一讲

近体的吟诵（五言平起）

近体诗具有严格的格律，吟诵的旋律与文字的阴阳四声结合得更为紧密。近体诗有五言、七言，各有平起、仄起两式，每式中又有首句押韵与首句不押韵的区分。近体诗的吟调融合了汪平先生的传调及其他苏州吟调。

一、五言平起，首句不押韵

其一，基本吟调。

吟调由 $\dot{1}23$ 三个音构成高腔，由 $56\dot{1}$ 三个音构成低腔。基本上一句高腔，一句低腔，交错进行。最后两句，可以都用低腔。高腔落音根据最末字的四声而异。由于最末字大多是韵脚，所以低腔落音大多落在5上。

五言平起，首句不押韵的格律如下。波浪线表示平声拖长，波浪线的长度代表拖长的时值。

平平~~平仄仄，仄仄仄平~平~~~。

仄仄平平~仄，平平~~仄仄平~~~。

其二，依字行腔。

阴平在高腔上配 $\dot{3}$，在低腔上配 $\dot{1}$；阳平在高腔上配 $\dot{1}0$，在低腔上配 50。入声阴阳之音阶与平声阴阳之音阶类似，只是需要出口即断。上声与去声，则以平声为参考来进行调整。即先定下平声所配音高，再将上声、去声与定下音高的平声作对比，由之辨别高低，再配上不同的音。

需要注意的是，如果最末字是韵脚，那么无论阴平还是阳平，低腔落音都落在5上。与落音落在5上的字处于同一词组的其他字的音阶，则以落音落在5上的字声为标准进行调整。

（一）《题破山寺后禅院》的吟诵

1. 吟诵篇章

题破山寺后禅院

唐·常建

清晨入古寺，初日照高林。
曲径通幽处，禅房花木深。
山光悦鸟性，潭影空人心。
万籁此都寂，但余钟磬音。①

2. 内容简释

常建（708—765），字号不详，唐代诗人。他的诗以山水田园诗为主，善于描绘自然景色，风格清新淡雅，表达对宁静生活的向往。《题破山寺后禅院》一首，为世传诵。此外还著有《宿王昌龄隐居》等。

《题破山寺后禅院》以移步换景的方式，展现了禅院中的曲径、花木，以及天空的飞鸟与水底的潭影。这些景致都在禅院的钟磬声中染上淡淡的禅意。该诗描绘了禅院宁静幽美的环境，同时抒发了诗人忘却世俗、寄情山水的隐逸情怀。

3. 参考吟谱

该作品为少阴文，吟谱如下：

---

① 万籁此都寂，但余钟磬音：一作"万籁此俱寂，惟余钟磬音"。

《题破山寺后禅院》苏州话　　《题破山寺后禅院》普通话

（二）《宿建德江》的吟诵

1. 吟诵篇章

宿建德江

唐·孟浩然

移舟泊烟渚，日暮客愁新。

野旷天低树，江清月近人。

2. 内容简释

孟浩然(689—740)，名浩，字浩然，号孟山人，唐代山水田园派诗人。与王维齐名，并称"王孟"。擅长描写自然景色和个人情感，尤其对山水的描绘尤为出色，诗风清新自然。

《宿建德江》讲述了诗人在日暮时分，泊舟江渚，远望原野辽阔、江水清澈。该诗通过秋江暮色的描写，抒发了诗人的羁旅之思。

3. 参考吟谱

该作品为少阴文，吟谱如下：

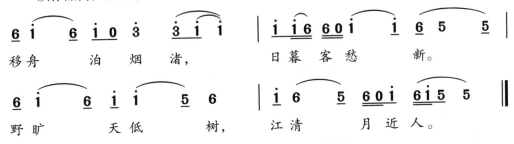

《宿建德江》苏州话　　《宿建德江》普通话

二、五言平起，首句押韵

其一，基本吟调。

吟调由 123 三个音构成高腔，由 561 三个音构成低腔。基本上一句高腔，一句低腔，交错进行。最后两句，可以都用低腔。高腔落音根据最末字的四声而异。由于最末字大多是韵脚，所以低腔落音大多落在 5 上。

五言平起，首句押韵的格律如下。波浪线表示平声拖长，波浪线的长度代表拖长的时值。

平平~~仄仄平~~~，仄仄仄平~平~~~。

仄仄平平~仄，平平~~仄仄平~~~。

其二，依字行腔。

阴平在高腔上配 3，在低腔上配 1；阳平在高腔上配 10，在低腔上配 50。入声阴阳之音阶与平声阴阳之音阶类似，只是需要出口即断。上声与去声，则以平声为参考来进行调整。即先定下平声所配音高，再将上声、去声与定下音高的平声作对比，由之辨别高低，再配上不同的音。

需要注意的是，如果最末字是韵脚，那么无论阴平还是阳平，低腔落音都落在 5 上。与落音落在 5 上的字处于同一词组的其他字的音阶，则以落音落在 5 上的字声为标准进行调整。

（一）《风雨》的吟诵

1. 吟诵篇章

风雨

唐·李商隐

凄凉宝剑篇，羁泊欲穷年。
黄叶仍风雨，青楼自管弦。
新知遭薄俗，旧好隔良缘。
心断新丰酒，销愁斗几千。

2. 内容简释

李商隐（813—858），字义山，号玉谿生，晚唐诗人。与杜牧并称"小李杜"，与温庭筠并称"温李"。他的诗风格独特，意境深远，常常运用隐晦难解的象征手法，表达复杂的情感和思想。著有《行次西郊作一百韵》《贾生》《富平少侯》等。

在《风雨》诗中，诗人以宝剑凄凉自喻空负才华而无法施展，只得长期漂泊在外。落叶仍旧经历着风雨，青楼里却一片歌舞升平。新结识的朋友遭受世俗的冷遇，老朋友也因被阻隔而无法相聚。诗人渴望通过饮用美酒来寻求片刻的解脱和安慰。该诗用自然界风雨，象征和隐喻了诗人所处的社会环境和人生境遇的险恶，同时也表达了诗人对人生无常、世事变迁的感慨及对社会现实的不满和批判。

3. 参考吟谱

该作品为少阳文，吟谱如下：

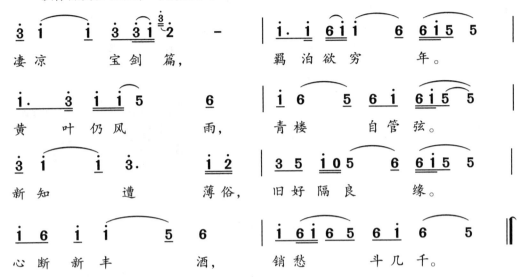

《风雨》苏州话

《风雨》普通话

（二）《听鼓》的吟诵

1. 吟诵篇章

听鼓

唐·李商隐

城头叠鼓声，城下暮江清。
欲问渔阳掺，时无祢正平。

2. 内容简释

在《听鼓》诗中，诗人以城下暮色时分江水的清澈宁静来衬托城墙上不断敲击的鼓声。这些鼓声引出诗人缅怀东汉末年祢正平击鼓曲《渔阳掺挝》骂曹的联想。该诗抚今追昔，寄慨遥深，意蕴丰厚，抒发了诗人蔑视权贵的情感及对国家未来的忧虑。

3. 参考吟谱

该作品为少阳文，吟谱如下：

5 1̂ 6 1̂0̂3̂2̂ 2 —	5̂6̂ 3̂5̂ 5̂6̂ 5·
城头 叠鼓 声，	城下暮江 清。

3̂0̂1̂ 6 1̂· 5̂6̂	5̂6̂ 1̂5· 6̂1̂5̂ — ‖
欲问渔阳 掺，	时无祢 正平。

《听鼓》苏州话

《听鼓》普通话

课后练习

1. 熟练掌握近体(五言平起)吟诵的基本吟调。
2. 请尝试吟诵以下内容：

夜宿山寺
唐·李白

危楼高百尺，手可摘星辰。
不敢高声语，恐惊天上人。

闺人赠远（其一）
唐·王涯

花明绮陌春，柳拂御沟新。
为报辽阳客，流芳不待人。

第十二讲

近体的吟诵（五言仄起）

一、五言仄起，首句不押韵

其一，基本吟调。

吟调由 $\dot{1}\dot{2}\dot{3}$ 三个音构成高腔，由 $56\dot{1}$ 三个音构成低腔。基本上一句高腔，一句低腔，交错进行。最后两句，可以都用低腔。高腔落音根据最末字的四声而异。由于最末字大多是韵脚，所以低腔落音大多落在 5 上。

五言仄起，首句不押韵的格律如下。波浪线表示平声拖长，波浪线的长度代表拖长的时值。

仄仄平平~仄，平平~~仄仄平~~~。

平平~~平仄仄，仄仄仄平~平~~~。

其二，依字行腔。

阴平在高腔上配 $\dot{3}$，在低腔上配 $\dot{1}$；阳平在高腔上配 $\dot{1}0$，在低腔上配 50。入声阴阳之音阶与平声阴阳之音阶类似，只是需要出口即断。上声与去声，则以平声为参考来进行调整。即先定下平声所配音高，再将上声、去声与定下音高的平声作对比，由之辨别高低，再配上不同的音。

需要注意的是，如果最末字是韵脚，那么无论阴平还是阳平，低腔落音都落在 5 上。与落音落在 5 上的字处于同一词组的其他字的音阶，则以落音落在 5 上的字声为标准进行调整。

（一）《春夜喜雨》的吟诵

1. 吟诵篇章

春夜喜雨

唐·杜甫

好雨知时节，当春乃发生。

随风潜入夜，润物细无声。

野径云俱黑，江船火独明。

晓看红湿处，花重锦官城。

2. 内容简释

杜甫（712—770），字子美，自号少陵野老，唐代现实主义诗人。与李白并称"李杜"，宋以后被尊为"诗圣"。安史之乱爆发后，杜甫颠沛流离，历经艰辛。这些经历让他对社会有了更为深刻的认识，使他的诗更加贴近人民。杜甫的诗多描写社会动荡、政治黑暗和人民疾苦，被誉为"诗史"。著有《兵车行》《春望》《茅屋为秋风所破歌》等。

《春夜喜雨》描述了春雨在夜晚悄然而至的情景，语言质朴、情感真挚，给人以清新脱俗的感受，表达了诗人对及时雨的喜悦及对未来的期望。

3. 参考吟谱

该作品为少阴文，吟谱如下：

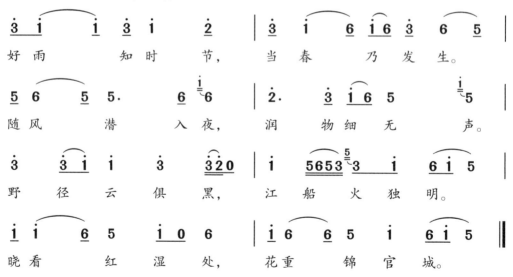

《春夜喜雨》苏州话

《春夜喜雨》普通话

(二)《马诗(其五)》的吟诵

1. 吟诵篇章

马诗(其五)
唐·李贺

大漠沙如雪,燕山月似钩。

何当金络脑,快走踏清秋。

2. 内容简释

李贺(790—816),字长吉,中唐时期浪漫主义诗人。善于熔铸辞采,驰骋想象,运用神话传说,创造出新奇瑰丽的诗境,有"诗鬼"之称。著有《李凭箜篌引》《日出行》《梦天》等。

《马诗》烘托了大漠、燕山萧瑟雄浑的气象,并在此气象下树立起渴望驰骋疆场的骏马形象。该诗借写马来抒发诗人怀才不遇的愤慨及对建功立业的渴望。

3. 参考吟谱

该作品为少阳文,吟谱如下:

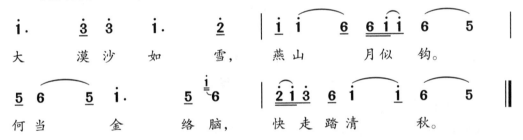

《马诗(其五)》苏州话

《马诗(其五)》普通话

二、五言仄起,首句押韵

其一,基本吟调。

吟调由 $\dot{1}\dot{2}\dot{3}$ 三个音构成高腔,由 $56\dot{1}$ 三个音构成低腔。基本上一句高腔,一句低腔,交错进行。最后两句,可以都用低腔。高腔落音根据最末字的四声而异。由于最末字大多是韵脚,所以低腔落音大多落在 5 上。

五言仄起，首句押韵的格律如下。波浪线表示平声拖长，波浪线的长度代表拖长的时值。

仄仄仄平~平~~~，平平~~仄仄平~~~。

平平~~平仄仄，仄仄仄平平~~~。

其二，依字行腔。

阴平在高腔上配 3，在低腔上配 i；阳平在高腔上配 i0，在低腔上配 50。入声阴阳之音阶与平声阴阳之音阶类似，只是需要出口即断。上声与去声，则以平声为参考来进行调整。即先定下平声所配音高，再将上声、去声与定下音高的平声作对比，由之辨别高低，再配上不同的音。

需要注意的是，如果最末字是韵脚，那么无论阴平还是阳平，低腔落音都落在 5 上。与落音落在 5 上的字处于同一词组的其他字的音阶，则以落音落在 5 上的字声为标准进行调整。

（一）《梅花》的吟诵

1. 吟诵篇章

梅花

宋·王安石

墙角数枝梅，凌寒独自开。

遥知不是雪，为有暗香来。

2. 内容简释

王安石（1021—1086），字介甫，号半山，北宋政治家、思想家、文学家。以主导"熙宁变法"著称。散文雄健峭拔，为"唐宋八大家"之一；诗遒劲清新；词虽不多而风格高峻。著有《泊船瓜洲》《元日》《登飞来峰》《桂枝香·金陵怀古》等。

《梅花》借不畏严寒、傲然独放的梅花形象，赞美了在恶劣环境中依然能坚持操守、主张正义的人。

3. 参考吟谱

该作品为少阳文，吟谱如下：

《梅花》苏州话　　《梅花》普通话

（二）《塞下曲（其三）》的吟诵

1. 吟诵篇章

塞下曲（其三）

唐·卢纶

月黑雁飞高，单于夜遁逃。

欲将轻骑逐，大雪满弓刀。

2. 内容简释

卢纶（约742—约799），字允言，唐代诗人。卢纶多次科举不第，后得元载、王缙等举荐而步入仕途。在军营的生活经历使其诗风粗犷雄放，卢纶写出了很多优秀的边塞诗，如《塞下曲》组诗。

在《塞下曲（其三）》中，黑夜昏暗，大雁高飞，敌方首领趁夜色逃跑，军中迅速集结轻骑兵前去捉拿。那被大雪覆盖的兵器渲染了战场寒冷严峻的气氛。该诗以雄劲的风格和生动的描绘，展现了边塞将士的英勇气概和豪情壮志。

3. 参考吟谱

该作品为太阳文，吟谱如下：

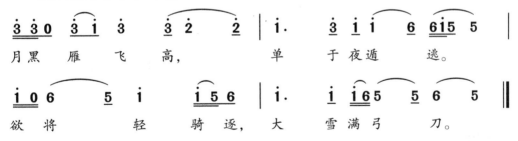

《塞下曲（其三）》苏州话　　《塞下曲（其三）》普通话

课后练习

1. 熟练掌握近体（五言仄起）吟诵的基本吟调。
2. 请尝试吟诵以下内容：

绝句（其一）
唐·杜甫

迟日江山丽，春风花草香。
泥融飞燕子，沙暖睡鸳鸯。

舟夜书所见
清·查慎行

月黑见渔灯，孤光一点萤。
微微风簇浪，散作满河星。

第十三讲

近体的吟诵（七言平起）

一、七言平起，首句不押韵

其一，基本吟调。

吟调由 $\dot{1}\,\dot{2}\,\dot{3}$ 三个音构成高腔，由 $5\,6\,\dot{1}$ 三个音构成低腔。基本上一句高腔，一句低腔，交错进行。最后两句，可以都用低腔。高腔落音根据最末字的四声而异。由于最末字大多是韵脚，所以低腔落音大多落在 5 上。

七言平起，首句不押韵的格律如下。波浪线表示平声拖长，波浪线的长度代表拖长的时值。

平平~~仄仄平平~仄，仄仄平平~~仄仄平~~~。

仄仄平平~~平仄仄，平平仄仄仄平~平~~~。

其二，依字行腔。

阴平在高腔上配 $\dot{3}$，在低腔上配 $\dot{1}$；阳平在高腔上配 $\dot{1}\,\dot{0}$，在低腔上配 $5\,\dot{0}$。入声阴阳之音阶与平声阴阳之音阶类似，只是需要出口即断。上声与去声，则以平声为参考，进行调整。即先定下平声所配音高，再将上声、去声与定下音高的平声作对比，由之辨别高低，再配上不同的音。

需要注意的是，如果最末字是韵脚，那么无论阴平还是阳平，低腔落音都落在 5 上。与落音落在 5 上的字处于同一词组的其他字的音阶，则以落音落在 5 上的字声为标准进行调整。

(一)《大林寺桃花》的吟诵

1. 吟诵篇章

大林寺桃花

唐·白居易

人间四月芳菲尽，山寺桃花始盛开。

长恨春归无觅处，不知转入此中来。

2. 内容简释

白居易(772—846)，字乐天，晚年号香山居士，唐代现实主义诗人，也是新乐府运动的倡导者之一。和元稹友谊甚笃，与之齐名，世称"元白"。晚年与刘禹锡唱和甚多，人称"刘白"。他的诗通俗易懂、情感真挚，代表作有《长恨歌》《卖炭翁》《琵琶行》等。

由于山下与山上气温不同，所以桃花的花期也有早晚差异。在山下，桃花已经凋零，春天即将逝去；在大林寺中，诗人意外发现桃花刚刚盛开，春天依然存在。该诗通过描绘初夏时节大林寺中盛开桃花的景象，表达了诗人对春天的无限留恋与喜爱之情。

3. 参考吟谱

该作品为少阴文，吟谱如下：

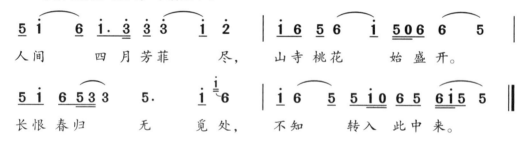

《大林寺桃花》苏州话　　《大林寺桃花》普通话

(二)《饮湖上初晴后雨(其二)》的吟诵

1. 吟诵篇章

饮湖上初晴后雨(其二)

宋·苏轼

水光潋滟晴方好，山色空蒙雨亦奇。

欲把西湖比西子，淡妆浓抹总相宜。

2. 内容简释

苏轼（1037—1101），字子瞻，号东坡居士，北宋文学家、书法家、画家和政治家。文汪洋恣肆，明白畅达，为"唐宋八大家"之一；诗清新豪健，善用夸张比喻，与黄庭坚并称"苏黄"；词开豪放一派，与辛弃疾并称"苏辛"。代表作有《题西林壁》《念奴娇·赤壁怀古》《拟孙权答曹操书》等。

《饮湖上初晴后雨(其二)》描绘了西湖既有阳光照耀时波光粼粼的美，又有云雾缭绕时烟雨朦胧的美。诗人把西湖比作古代美女西施，就像西施无论是浓艳还是淡雅都一样美丽，西湖无论是晴天还是雨天也都一样美丽。该诗通过描绘西湖在晴天和雨天时两种不同的美景，抒发了作者对西湖的喜爱和赞美之情。

3. 参考吟谱

该作品为少阴文，吟谱如下：

（吟谱：水光潋滟晴方好，山色空蒙雨亦奇。欲把西湖比西子，淡妆浓抹总相宜。）

《饮湖上初晴后雨(其二)》苏州话

《饮湖上初晴后雨(其二)》普通话

二、七言平起，首句押韵

其一，基本吟调。

吟调由 1 2 3 三个音构成高腔，由 5 6 1 三个音构成低腔。基本上一句高腔，一句低腔，交错进行。最后两句，可以都用低腔。高腔落音根据最末字的四声而异。由于最末字大多是韵脚，所以低腔落音大多落在 5 上。

七言平起，首句押韵的格律如下。波浪线表示平声拖长，波浪线的长度代表拖长的时值。

平平~~仄仄仄平~平~~~，仄仄平平~~仄仄平~~~。

仄仄平平~~平仄仄，平平~~仄仄仄平~平~~~。

其二，依字行腔。

阴平在高腔上配 $\underline{3}$，在低腔上配 $\dot{1}$；阳平在高腔上配 $\dot{1}\text{o}$，在低腔上配 5o。入声阴阳之音阶与平声阴阳之音阶类似，只是需要出口即断。上声与去声，则以平声为参考来进行调整。即先定下平声所配音高，再将上声、去声与定下音高的平声作对比，由之辨别高低，再配上不同的音。

需要注意的是，如果最末字是韵脚，那么无论阴平还是阳平，低腔落音都落在 5 上。与落音落在 5 上的字处于同一词组的其他字的音阶，则以落音落在 5 上的字声为标准进行调整。

（一）《清明》的吟诵

1. 吟诵篇章

清明

唐·杜牧

清明时节雨纷纷，路上行人欲断魂。

借问酒家何处有，牧童遥指杏花村。

2. 内容简释

杜牧（803—853），字牧之，号樊川居士，唐代诗人、散文家。与李商隐并称"小李杜"。其诗善于咏史抒怀和描写社会现实，语言流畅自然，风格豪放，感情真挚。代表作有《阿房宫赋》《九日齐山登高》等。

《清明》营造了一种哀伤的氛围。人们在清明时节扫墓，思念已故亲人，内心充满哀愁。为了减轻内心的悲痛，诗人询问：哪里有饮酒的地方？牧童指向杏花村。该诗通过清明时节雨纷纷的景象和行人哀伤的情绪表达了对已故亲人的思念和哀悼。同时，通过问路和指向杏花村的情景描绘，为整首诗增添了生动的气息。

3. 参考吟谱

该作品为少阴文，吟谱如下：

《清明》苏州话　　《清明》普通话

(二)《望天门山》的吟诵

1. 吟诵篇章

望天门山

唐·李白

天门中断楚江开，碧水东流至此回。

两岸青山相对出，孤帆一片日边来。

2. 内容简释

《望天门山》展现了天门山的壮丽和长江的磅礴气势，勾勒出一幅壮美的自然画卷，赞美了大自然的神奇壮阔。从中可以窥见诗人自由洒脱、无拘无束的精神风貌。

3. 参考吟谱

该作品为少阴文，吟谱如下：

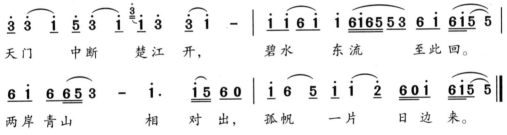

《望天门山》苏州话　　《望天门山》普通话

课后练习

1. 熟练掌握近体（七言平起）吟诵的基本吟调。
2. 请尝试吟诵以下内容：

登飞来峰

宋·王安石

飞来山上千寻塔,闻说鸡鸣见日升。
不畏浮云遮望眼,自缘身在最高层。

题西林壁

宋·苏轼

横看成岭侧成峰,远近高低各不同。
不识庐山真面目,只缘身在此山中。

第十四讲

近体的吟诵（七言仄起）

一、七言仄起，首句不押韵

其一，基本吟调。

吟调由 $\dot{1}\,2\,3$ 三个音构成高腔，由 $5\,6\,\dot{1}$ 三个音构成低腔。基本上一句高腔，一句低腔，交错进行。最后两句，可以都用低腔。高腔落音根据最末字的四声而异。由于最末字大多是韵脚，所以低腔落音大多落在 5 上。

七言仄起，首句不押韵的格律如下。波浪线表示平声拖长，波浪线的长度代表拖长的时值。

仄仄平平~~平仄仄，平平~~仄仄仄平~平~~~。

平平~~仄仄平平~仄，仄仄平平~~仄仄平~~~。

其二，依字行腔。

阴平在高腔上配 3，在低腔上配 $\dot{1}$；阳平在高腔上配 $\dot{1}\,0$，在低腔上配 $5\,0$。入声阴阳之音阶与平声阴阳之音阶类似，只是需要出口即断。上声与去声，则以平声为参考来进行调整。即先定下平声所配音高，再将上声、去声与定下音高的平声作对比，由之辨别高低，再配上不同的音。

需要注意的是，如果最末字是韵脚，那么无论阴平还是阳平，低腔落音都落在 5 上。与落音落在 5 上的字处于同一词组的其他字的音阶，则以落音落在 5 上的字声为标准进行调整。

（一）《绝句（其三）》的吟诵

1. 吟诵篇章

绝句（其三）

唐·杜甫

两个黄鹂鸣翠柳，一行白鹭上青天。

窗含西岭千秋雪，门泊东吴万里船。

2. 内容简释

在《绝句（其三）》中，春天里两个黄鹂在新绿的柳树间欢快地鸣叫，一派生机盎然。一群白鹭展翅向着蓝天翱翔的情景，象征着对自由与广阔境界的追求。诗人透过窗户向外眺望，看到远处山岭上的皑皑白雪，此番景象给人一种宁静而又悠远的感受。门外停泊的远方来的船只，暗示了交通的便利及诗人对远方的向往。该诗通过对黄鹂、翠柳、白鹭、青天、雪山、船只等景物的描绘，展现了春天的美丽与生机，同时也表达了诗人对大自然的热爱及对美好生活的向往。

3. 参考吟谱

该作品为少阴文，吟谱如下：

《绝句（其三）》苏州话　　　《绝句（其三）》普通话

（二）《秋夜将晓出篱门迎凉有感（其二）》的吟诵

1. 吟诵篇章

秋夜将晓出篱门迎凉有感（其二）

宋·陆游

三万里河东入海，五千仞岳上摩天。

遗民泪尽胡尘里，南望王师又一年。

2. 内容简释

陆游（1125—1210），字务观，号放翁，南宋爱国诗人。陆游的诗情感真挚、风格豪放，多以抒发个人志向、感叹国家兴亡为主题，具有强烈的爱国主义情感。《关山月》《书愤》《农家叹》《示儿》等多篇均为世所传诵。

在《秋夜将晓出篱门迎凉有感（其二）》中，壮丽的自然景象与悲凉的社会现实形成鲜明的对比。前两句通过对黄河和高山的描绘，展现了祖国山河的壮美。后两句则转而描述了百姓在战乱中的苦难，以及诗人对朝廷收复失地的期待与失望。该诗通过对秋夜中大好河山的描绘和对沦陷区百姓的同情，表达了诗人忧国忧民的家国情怀。

3. 参考吟谱

该作品为少阴文，吟谱如下：

《秋夜将晓出篱门迎凉有感（其二）》苏州话　　《秋夜将晓出篱门迎凉有感（其二）》普通话

二、七言仄起，首句押韵

其一，基本吟调。

吟调由 $\dot{1}\,\dot{2}\,\dot{3}$ 三个音构成高腔，由 $5\,6\,\dot{1}$ 三个音构成低腔。基本上一句高腔，一句低腔，交错进行。最后两句，可以都用低腔。高腔落音根据最末字的四声而异。由于最末字大多是韵脚，所以低腔落音大多落在 5 上。

七言仄起，首句押韵的格律如下。波浪线表示平声拖长，波浪线的长度代表拖长的时值。

仄仄平平~~仄仄平~~~，平平~~仄仄仄平~平~~~。

平平~~仄仄平平~仄，仄仄平平~~仄仄平~~~。

其二，依字行腔。

阴平在高腔上配 3，在低腔上配 $\dot{1}$；阳平在高腔上配 $\dot{1}0$，在低腔上配 50。入声阴阳之音阶与平声阴阳之音阶类似，只是需要出口即断。上声与去声，则以平声为参考来进行调整。即先定下平声所配音高，再将上声、去声与定下音高的平声作对比，由之辨别高低，再配上不同的音。

需要注意的是，如果最末字是韵脚，那么无论阴平还是阳平，低腔落音都落在5上。与落音落在5上的字处于同一词组的其他字的音阶，则以落音落在5上的字声为标准进行调整。

（一）《枫桥夜泊》的吟诵

1. 吟诵篇章

枫桥夜泊

唐·张继

月落乌啼霜满天，江枫渔火对愁眠。
姑苏城外寒山寺，夜半钟声到客船。

2. 内容简释

张继，生卒年不详，字懿孙，唐代诗人。诗多登临纪行之作，风格清远，不事雕琢。《枫桥夜泊》最有名，此外还有《郢州西楼吟》《登丹阳楼》《洛阳作》等。

《枫桥夜泊》描绘了深夜的江边秋景。月落之后，乌鸦开始啼叫，霜气弥漫，给人一种清冷的感觉。江边的枫树与远处的渔火勾起了诗人无尽的忧思，让其久久不能安眠。旅船停泊在姑苏城外寒山寺附近，半夜时分寺庙里传来的悠悠钟声，使诗人陷入更为孤寂的羁旅之感中。该诗通过深秋夜晚泊舟枫桥的经历，展现了诗人内心孤寂、凄凉的情绪。

3. 参考吟谱

该作品为少阴文，吟谱如下：

3 3 3 1 — 3 3 1 2 —	1 6. 5 3 5 1 6 5 5 5 6 5 3 3
月落乌啼　霜满天，	江枫　渔火对愁　眠。

1 6　5 1 5 1　5 6	1 1　2 6 6 5 3　6 5 1 0 6 1 5 5
姑苏　城外寒山　寺，	夜半　钟声　到客船。

《枫桥夜泊》苏州话　　《枫桥夜泊》普通话

（二）《赠汪伦》的吟诵

1. 吟诵篇章

赠汪伦

唐·李白

李白乘舟将欲行，忽闻岸上踏歌声。

桃花潭水深千尺，不及汪伦送我情。

2. 内容简释

在《赠汪伦》诗中，李白乘舟将要离别时，突然听到岸上踏歌声。诗人联想到，如果桃花潭水的深度可以用来象征友情的深度，那么汪伦的送别之情比这潭水还要深。该诗语言清新、情感真挚，表现了李白与汪伦之间的深情厚谊。

3. 参考吟谱

该作品为少阴文，吟谱如下：

《赠汪伦》苏州话　　《赠汪伦》普通话

课后练习

1. 熟练掌握近体（七言仄起）吟诵的基本吟调。
2. 请尝试吟诵以下内容：

九月九日忆山东兄弟

唐·王维

独在异乡为异客，每逢佳节倍思亲。

遥知兄弟登高处，遍插茱萸少一人。

江南春

唐·杜牧

千里莺啼绿映红,水村山郭酒旗风。
南朝四百八十寺,多少楼台烟雨中。

第十五讲

近体的吟诵（折腰体）

近体诗要求奇数句与偶数句平仄相对（比如：第一句与第二句平仄相对，第三句与第四句平仄相对），偶数句与下一个奇数句平仄相粘（比如：第二句与第三句平仄相粘）。如果偶数句不与下一个奇数句平仄相粘，仍旧是平仄相对，那即变为折腰体。

对于折腰体的吟诵，如果是平起的，就将第一、第二句按照平起的基本吟调进行处理，将第三、第四句也按照平起的基本吟调进行处理。如果是仄起的，就将第一、第二句按照仄起的基本吟调进行处理，将第三、第四句也按照仄起的基本吟调进行处理。

一、平起折腰体的吟诵

（一）《滁州西涧》的吟诵

1. 吟诵篇章

滁州西涧

唐·韦应物

独怜幽草涧边生，上有黄鹂深树鸣。

春潮带雨晚来急，野渡无人舟自横。

2. 内容简释

韦应物（约737—791），字义博，唐代诗人。曾做过江州刺史、苏州刺史及左司郎中，世称韦江州、韦苏州、韦左司。与柳宗元并称"韦柳"。韦应物善于写景和描写隐逸生活，诗风恬淡高远、简洁朴素。代表作除《滁州西涧》外，还有《淮上喜会梁州故人》《简卢陟》等。

《滁州西涧》描述了滁州西涧的景物，展现了诗人内心的恬淡与宁静，同时也寓含了诗人对仕途、人生的感慨与思考。诗人独自喜爱生长在涧边的幽草，茂密树丛中黄鹂的啼声打破了涧边的宁静。傍晚时分，春潮与春雨急促袭来，这暗示某种波动，或许是诗人对时局变化的感慨，或许是诗人对个人境遇的忧虑。在荒野的渡口边，一只小船悠闲地横泊在水面上，周围空无一人。对于此，诗人以小船自喻，用以不变应万变的态度泰然处之。该诗通过描绘幽草、黄鹂、春潮、野渡等景物，寓情于景、情景交融，表达了诗人对自然美景的热爱及对隐逸生活的向往。

3. 参考吟谱

该作品为少阴文，吟谱如下：

（乐谱：独怜幽草涧边生，上有黄鹂深树鸣。春潮带雨晚来急，野渡无人舟自横。）

《滁州西涧》苏州话　　《滁州西涧》普通话

（二）《送元二使安西》的吟诵

1. 吟诵篇章

送元二使安西

唐·王维

渭城朝雨浥轻尘，客舍青青柳色新。
劝君更尽一杯酒，西出阳关无故人。

2. 内容简释

王维（701？—761），字摩诘，号摩诘居士，唐代诗人、画家。王维参禅悟理，精通诗、书、画、音乐等，以诗名盛，多咏山水田园，与孟浩然合称"王孟"，有"诗佛"之称。苏轼评价其"味摩诘之诗，诗中有画，观摩诘之画，画中有诗"。代表作有《相思》《山居秋暝》等。

《送元二使安西》营造了一种清新宁静的氛围，描绘了客舍青柳的送别场景。再以劝酒表达了对友人的深情和祝福。最后以出了阳关再无故人收尾，表达了对友人远行的关切，抒发了深挚的惜别之情。

3. 参考吟谱

该作品为少阴文，吟谱如下：

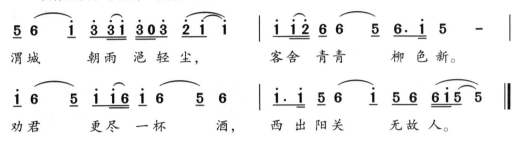

《送元二使安西》苏州话　　　《送元二使安西》普通话

二、仄起折腰体的吟诵

（一）《采莲曲（其二）》的吟诵

1. 吟诵篇章

采莲曲（其二）

唐·王昌龄

荷叶罗裙一色裁，芙蓉向脸两边开。

乱入池中看不见，闻歌始觉有人来。

2. 内容简释

王昌龄（？—756），字少伯，唐代诗人。其诗多反映边疆生活，情感真挚，风格雄浑。《从军行》《出塞》皆有名。

《采莲曲（其二）》通过描写采莲女子的衣着与荷叶颜色相似，采莲女子的脸庞如同绽放的荷花一般美丽，刻画了女子与自然的和谐。又通过描写采莲女子的消失和其歌声的出现，表现了采莲女子的活泼与灵动，增加了采莲场景的诗意。整首诗渲染了采莲女子的青春气息，展现了江南水乡特有的风情。

3. 参考吟谱

该作品为少阴文，吟谱如下：

1.3 1	2 - 3 3 2 2 -	3 5 6 1.2 6 1 6 5 -
荷叶罗裙	一色裁，	芙蓉 向脸两边 开。

1.1 5 6 6 5 1 6	5 6 5 1.2 6 6 6 1 5 5 ‖
乱入池中 看 不见，	闻歌 始觉有人 来。

《采莲曲（其二）》苏州话

《采莲曲（其二）》普通话

（二）《回乡偶书（其二）》的吟诵

1. 吟诵篇章

回乡偶书（其二）

唐·贺知章

离别家乡岁月多，近来人事半消磨。

惟有门前镜湖水，春风不改旧时波。

2. 内容简释

贺知章（659—约744），字季真，晚号四明狂客，唐代诗人、书法家。与张旭、包融、张若虚合称"吴中四士"。其诗今存二十余首，多祭神乐章和应制诗，写景之作，较清新通俗。《回乡偶书》《咏柳》千古传诵。

在《回乡偶书（其二）》中，诗人叙说自己离开家乡很久了，许多曾经熟悉的人和事都已经发生了很大变化。只有门前这片湖依然如故，湖水的波动依旧像过去一样，没有改变。该诗充满了对过去的怀念，表达了诗人对岁月变迁的感慨、对故乡的眷恋，以及对人生无常的无奈。

3. 参考吟谱

该作品为少阴文，吟谱如下：

1.3 3 1 - 3.1 2 -	3 5 6 5.1 1 6 1 6 1 5 5
离别家乡 岁月多，	近来 人事半 消磨。

```
5. i 5 6  6 i 5  5 i 6 | i  i 6  5 i0 2 6 i 5  -  ‖
惟有门前   镜湖  水，春风   不改 旧时波。
```

《回乡偶书(其二)》苏州话　　《回乡偶书(其二)》普通话

课后练习

1. 什么叫折腰体？
2. 请尝试吟诵以下内容：

蝉

唐·虞世南

垂緌饮清露，流响出疏桐。
居高声自远，非是借秋风

夏日绝句

宋·李清照

生当作人杰，死亦为鬼雄。
至今思项羽，不肯过江东。

第十六讲

词的吟诵

词的吟诵有唐调吟诵和昆腔吟诵两类。

一、词的唐调吟诵

其一,基本吟调。

词的唐调吟调,基本旋律如下:

<u>3</u> <u>6 i</u> <u>6 5</u> 3　－

以 3 开始,上升到 6 与 i,再降下来,句段结尾处末字落音亦多数落在 3 上。吟诵时,每一韵句以低腔起,中间略加上下往复,最后以尾腔结束。

其二,依字行腔。

在 <u>3 6 i</u> 上,该旋律可以调整为 <u>i i</u>、<u>i 6 i</u>、<u>3 i</u>,对应所配字声上的高低一致、前高后低、前低后高。

在 <u>6 5 3</u> 上,该旋律可以调整为 <u>6 6 5</u>、<u>6 5</u>、<u>5 6 5</u>,对应所配字声上的高低一致、前高后低、前低后高。

在最后的 3 上,该旋律不可以调整,但可以通过对 3 加前倚音来矫正字音。

(一)《水调歌头·明月几时有》的吟诵

1. 吟诵篇章

水调歌头·明月几时有①

宋·苏轼

明月几时有?把酒问青天。不知天上宫阙,今夕是何年。我欲乘风归去,又恐

---

① 该词正文前有小序,云:"丙辰中秋,欢饮达旦,大醉,作此篇,兼怀子由。"

琼楼玉宇，高处不胜寒。起舞弄清影，何似在人间？

转朱阁，低绮户，照无眠。不应有恨，何事长向别时圆？人有悲欢离合，月有阴晴圆缺，此事古难全。但愿人长久，千里共婵娟。

2. 内容简释

《水调歌头·明月几时有》以向青天发问的形式，表现了词人对自然现象的好奇和对明月的赞美。词人向往月宫仙境，但又担心那里高寒孤寂，反而觉得人间生活更加美好，这反映了其在出世与入世之间的徘徊与抉择。月光转过朱红色的楼阁，低低地穿过雕花的门窗，照着无眠之人。通过实写月光照临人间的景象，引出词人对亲人的思念之情。词人通过对人世悲欢离合和月亮阴晴圆缺的认识，表达了对人生无奈的感慨。最后词人向世人发出祝愿，希望人们即使相隔千里也能共享这美好的月光。此为一首以中秋望月、怀念胞弟为主题的词作，通过丰富的想象，展现了词人豪放洒脱的性格及对人生的深刻思考。

3. 参考吟谱

该作品为少阴文，吟谱如下：

$\underset{此事古难全。}{\dot{1}.\;\overset{\frown}{5\;\dot{1}\;6}\;5\quad 3\quad -}\;|\;\underset{但愿人长久，}{6\;\dot{1}\;3\;5\;\overset{\dot{1}}{\underline{6}}}\;|\;\underset{千里共婵娟。}{\dot{1}\;\overset{\frown}{\dot{1}\;6}\;\dot{1}\;5\;3\quad -}\;\|$

《水调歌头·明月几时有》苏州话

《水调歌头·明月几时有》普通话

（二）《满江红·写怀》的吟诵

1. 吟诵篇章

满江红·写怀

宋·岳飞

怒发冲冠，凭阑处，潇潇雨歇。抬望眼，仰天长啸，壮怀激烈。三十功名尘与土，八千里路云和月。莫等闲，白了少年头，空悲切。

靖康耻，犹未雪；臣子恨，何时灭？驾长车，踏破贺兰山缺。壮志饥餐胡虏肉，笑谈渴饮匈奴血。待从头，收拾旧山河，朝天阙。

2. 内容简释

岳飞（1103—1142），字鹏举，南宋抗金名将。以精忠报国、英勇善战著称。诗、词、散文都慷慨激昂。《满江红·写怀》为其代表作。

《满江红·写怀》以"怒发冲冠"起句，为全词奠定了慷慨激昂的基调。继而词人抒发了壮志未酬的悲愤，下定了收复失地的决心，立下了精忠报国的誓言。此词表达了词人对敌人的仇恨、对国家的忠诚及对和平的向往，抒发了强烈的爱国热情及壮志未酬的遗憾。

3. 参考吟谱

该作品为太阳文，吟谱如下：

$\underset{怒发冲冠，}{\overset{\frown}{\dot{1}\;6}\;\dot{1}\;0\;\overset{\dot{1}}{\underline{5}}\;\overset{5}{\underline{3}}\quad -}\;|\;\underset{凭阑处，}{5\;5\;6\;\dot{1}\;\dot{1}\;\overset{\dot{1}}{\underline{3}}}\;\underset{潇潇雨歇。}{5\;0}\;|$

$\underset{抬望眼，}{3.\;\dot{1}\;6\;5}\;|\;\underset{仰天长啸，}{5\;\overset{\frown}{\dot{1}\;5}\;6\quad -}\;|\;\underset{壮怀激烈。}{\dot{1}\;2\;3\;5\;3\;0\;3\;0}\;|$

```
i.i 6 5 3 - 5 6 i̭6 | i 6 6 i i 6 3 5 5  3 0 |
```
三十功名 尘与土，八千里路 云和月。

```
i 0 6  5 3 -    | i 6  6 i 6  6 i 5 0  3 |
```
莫等 闲，   白了 少年 头，

```
i i 6 0 | i 6  5 | 3 6 3 0 | 5 i  6 |
```
空悲 切。靖康 耻，犹未 雪；臣子 恨，

```
3 5  3 0 | i 3  5 | 3 6 5 3 5 3 - 3 0 |
```
何时 灭？驾长 车，踏破   贺兰山 缺。

```
i.i 6 5 5  5. i 6 0 | i 6  5 i 0 i 6 5 3  3 5 0 |
```
壮志饥餐 胡虏 肉， 笑谈 渴饮匈奴 血。

```
3.i 5 3  i.i 3.6 5.3 | 5. i  i -  6 0 ‖
```
待从头，收拾旧山河， 朝 天 阙。

《满江红·写怀》苏州话　　《满江红·写怀》普通话

二、词的昆腔吟诵

词的昆腔吟调融合了《碎金词谱》词调及张舫澜先生的传调。

其一，基本吟调。

词的昆腔吟调，基本旋律如下：

```
3 5  3 5  3 5  6 i 5  3  -

6̣ 1  6̣ 1  6̣ 1  2 3 1  6̣  -
```

一个高腔，一个低腔，高腔落音落在 3 上，低腔落音落在 6 上。基本上一高一低，交错进行。如果句数为奇数，比如三句，则可以前两句用高腔，最后一句用低

腔；也可以前一句用高腔，最后两句用低腔。

其二，依字行腔。

阴平在高腔上配5，在低腔上配1；阳平在高腔上配3，在低腔上配6。阴上在高腔上配3 1̇ 2̇ 3̇，在低腔上配1 3̇ 5̇ 6̇。阴去在高腔上配6̇ 1̇ 5̇ 3̇，在低腔上配2 3̇ 1̇ 6̇；阳去在高腔上配5̇ 1̇ 6̇ 5̇ 3̇，在低腔上配1 3̇ 2̇ 1̇ 6̇。阴入在高腔上配5̇0，在低腔上配1̇0；阳入在高腔上配3̇0，在低腔上配6̇0。如果是两个上声字或两个去声字相连，那么前一个字用不完全结构，只要将其主音表现出来即可，不需要完全展开；后一个字用完全结构，需要完全展开。

需要注意的是，高腔落音必须落在3上，低腔落音必须落在6上。高腔最后一个字即使是阴平字（本应配5），也必须改配3。此阴平字所在词组中的其他字的音阶高低应以3为阴平的标准重新调整。低腔最后一个字即使是阴平字（本应配1），也必须改配6。此阴平字所在词组中的其他字的音阶高低应以6为阴平的标准重新调整。例如：

$$5 \quad 3 \quad - \quad \overset{3}{\overline{1\ 2}} \quad \overbrace{5\dot{1}65} \quad 5 \quad 5 \quad -$$
枯　藤　　老　树　昏　鸦

"鸦"字是阴平字，在高腔中照例应该谱为5，但因在高腔结尾，落音必须落在3上，所以"鸦"改谱为3。"鸦"所在的词组"昏鸦"中的"昏"字也需要根据"鸦"字的音高作出调整。由于"昏"与"鸦"两字皆为阴平，音高前后一致，所以"昏"也改谱为3。所改旋律如下：

$$5 \quad 3 \quad - \quad \overset{3}{\overline{1\ 2}} \quad \overbrace{5\dot{1}65} \quad 3 \quad 3 \quad -$$
枯　藤　　老　树　昏　鸦

"枯藤""老树"可以单独成为词组，与"昏鸦"无涉，所以仍旧保持原来的音高。

（一）《忆江南（其一）》的吟诵

1. 吟诵篇章

忆江南（其一）

唐·白居易

江南好，风景旧曾谙。日出江花红胜火，春来江水绿如蓝。能不忆江南？

2. 内容简释

《忆江南（其一）》开篇以"江南好"点明主题，而"旧曾谙"说明词人不仅曾经游历过江南，而且深深地怀念着江南的美景。"日出江花红胜火，春来江水绿如蓝",则通过生动的景物描写,展现了独具魅力的江南春景。最后一句"能不忆江南",以反问再次加深了情感。

3. 参考吟谱

该作品为少阴文,吟谱如下:

```
5  3  —  123  —  | 1  6  13 21 35 6 — |
江 南     好,       风 景  旧 曾  谱。

550 5  3  —  35 61 5  123  — |
日出 江 花       红 胜 火,

5  3  —  31 60 35  5   6  — |
春 来     江水 绿  如   蓝。

6  10 23 1  6  565655 6  — |
能 不忆 江 南?
```

《忆江南(其一)》苏州话　　《忆江南(其一)》普通话

(二)《长相思·山一程》的吟诵

1. 吟诵篇章

长相思·山一程

清·纳兰性德

山一程,水一程,身向榆关那畔行,夜深千帐灯。

风一更,雪一更,聒碎乡心梦不成,故园无此声。

2. 内容简释

纳兰性德(1655—1685),原名成德,字容若,号楞伽山人,清初词人。以词名世,尤长于小令,多感伤情调,风格近于李后主。著有《通志堂集》《侧帽集》《饮水词》等。

《长相思·山一程》描写了旅程的艰难曲折、遥远漫长,将士夜晚的孤寂及对故乡的眷恋。该词语言淳朴、取景宏阔,通过描绘将士们的军旅生活,表达了浓浓的思乡之情。

3. 参考吟谱

该作品为少阴文，吟谱如下：

5	5 0 3	5 —	6.	1 0 6.	5.	6. —
山	一 程，		水	一	程，	

| 5 | 6. 1 5 | 3 | 5 — | 3 | 5 1 6 5 | 2 3 — |
| 身 | 向 榆 | 关 | 那 畔 | | 行， | |

| 2 3 | 1 6. 6. | 3 | 2 3 1 1 | 6. — | 5 | 5 0 3 — | 1 0 1 0 6. | 5. — |
| 夜 深 | 千 帐 | 灯。 | 风 一 | 更， | | 雪 一 更， | | |

| 5 0 | 6. 1 5 | 5 3 | — | 6. 1 | 5 0 3 | 2 3 — |
| 聒 碎 | 乡 心 | 梦 不 | 成， | | | |

| 2 3 1 | 6. — | 6. | 3 5 1 | 6. — |
| 故 园 | | 无 | 此 声。 | |

《长相思·山一程》苏州话　　　《长相思·山一程》普通话

（三）《清平乐·春归何处》的吟诵

1. 吟诵篇章

清平乐·春归何处

宋·黄庭坚

春归何处？寂寞无行路。若有人知春去处，唤取归来同住。

春无踪迹谁知，除非问取黄鹂。百啭无人能解，因风飞过蔷薇。

2. 内容简释

黄庭坚（1045—1105），字鲁直，号山谷道人，又号涪翁，北宋文学家、书法家。"江西诗派"的开创者之一，与苏轼齐名，称"苏黄"。代表作有《书幽芳亭记》《牧童诗》《新竹》等。

在《清平乐·春归何处》中，词人希望能够留住春天，然而春天没有任何踪迹，谁又能知道它去了哪里？只有黄鹂因春而鸣，但此时它已经飞过了蔷薇花丛。蔷薇花代表晚春或初夏，暗示春天已经去而不返。该词通过细腻的情感描绘，生动地表达了词人对美好春光的珍惜与热爱，以及面对春天消逝的惋惜之情。

3. 参考吟谱

该作品为少阴文，吟谱如下：

（吟谱：春归何处？寂寞无行路。若有人知春去处，唤取归来同住。春无踪迹谁知，除非问取黄鹂。百啭无人能解，因风飞过蔷薇。）

《清平乐·春归何处》苏州话　　《清平乐·春归何处》普通话

课后练习

1. 熟练掌握词的吟诵的基本吟调。
2. 请尝试用唐调吟诵以下内容：

西江月·夜行黄沙道中
宋·辛弃疾

明月别枝惊鹊，清风半夜鸣蝉。稻花香里说丰年，听取蛙声一片。

七八个星天外，两三点雨山前。旧时茅店社林边，路转溪桥忽见。

浣溪沙·游蕲水清泉寺①

宋·苏轼

山下兰芽短浸溪,松间沙路净无泥,萧萧②暮雨子规啼。
谁道人生无再少?门前流水尚能西!休将白发唱黄鸡。

---

① 该词正文前有小序,云:"游蕲水清泉寺,寺临兰溪,溪水西流。"
② 萧萧:一作"潇潇"。

第十七讲

经文的吟诵

经文的吟诵使用唐调。在唐文治先生的读文系统里，经文特指儒家十三经。无论是道家经典，还是佛教经典，只要是儒家经典之外的其他作品，均不用经文吟调。唐调特意设置经文吟调来诵经，是为了凸显儒家经典的至上地位。

第一，基本吟调。

经文的吟诵使用唐调，基本旋律如下：

5 3　5 6　1 1̇2 6 6　2̇ 2　3 3̇2 1̇1　1̇ 1　2̇　6 6̇5 3

其一，5̱3 5̱6，起句时所用，属于低腔。

其二，1̇1̇2̇ 6̱6，属于低腔。

其三，2̱2̱ 3̱3̱2̱ 1̱1̱，属于高腔。

其四，1̇ 1̇ 2̇ 6̱6̱5 3，属于尾腔。

吟诵时，每一句群，由低腔起，逐渐高昂，中间可以上下往复，最后以尾腔结束。

细心的朋友会发现，经文唐调吟调与《诗经》唐调吟调十分相似，都有平调上拉，再下降拉平的特点。因为《诗经》本身就属于十三经，故《诗经》吟调与经文吟调十分类似，为同一个系统。只是《诗经》吟诵的时候多为定板，而经文吟诵的时候多为散板。

第二，依字行腔。

经文吟调较平，从高到低，大致在2̇2̇、1̇1̇、6̱6̱、5̱5̱这些音阶上。可以将句子分为若干二字或三字词组，在每个词组内部看二字或三字的相对音高，并在匹配这些音高时，通过加前倚音来辨别字声。

在 $\underline{5\ 3}$ $\underline{5\ 6}$ 上，可以根据字音自由调节 $\underline{3\ 5\ 6}$ 的排序。

在 $\underline{\dot{1}\ \dot{1}\ \dot{2}}$ $\underline{6\ 6}$ 上，对于 $\underline{\dot{1}\ \dot{1}\ \dot{2}}$，有时可以将 $\dot{2}$ 视作与字声无关的经文吟调特征腔，用 $\underline{\dot{1}\ \dot{1}}$ 对应所配两个字字声的前后一致；有时可以借用到字声上，用 $\underline{\dot{1}\ \dot{2}}$ 对应所配两个字字声的前低后高；有时也可以用前倚音 $\underline{{}^{\dot{2}}\dot{1}\ \dot{2}}$ 对应所配两个字字声的前高后低。对于 $\underline{6\ 6}$，则可以用 $\underline{6\ 6}$、$\underline{{}^{\dot{1}}6\ 6}$、$\underline{{}^{5}6\ 6}$ 对应所配字声上的高低一致、前高后低、前低后高。

在 $\underline{2\ 2}$ $\underline{3\ 3\ 2}$ $\underline{\dot{1}\ \dot{1}}$ 上，对于 $\underline{2\ 2}$ $\underline{3\ 3\ 2}$，可以根据字声自由调节 $\underline{2\ 3}$ 的排序。对于 $\underline{\dot{1}\ \dot{1}}$，则可以用 $\underline{\dot{1}\ \dot{1}}$、$\underline{{}^{\dot{2}}\dot{1}\ \dot{1}}$、$\underline{{}^{6}\dot{1}\ \dot{1}}$ 对应所配字声上的前后一致、前高后低、前低后高。

在 $\underline{\dot{1}\ \dot{1}\ \dot{2}\ 6\ 6\ 5\ 3}$ 上，尾调的特征腔属性很强。当末字是虚字时，则无需考虑字声，完全可以依照 $\underline{6\ 6\ 5\ 3}$ 来吟诵。当末字是实字时，则可以用 $\underline{6\ 6\ 5\ 3}$ 表示上声字和去声字；用 $\underline{{}^{\dot{1}}6\ 5\ 3}$ 表示阳平字，用 $\underline{6\ 0\ 6\ 5\ 3}$ 表示入声字，阳平字与入声字所对应的 $\underline{6\ 5\ 3}$ 则为经文吟调尾调的特征腔。

（一）《论语（三则）》的吟诵

1. 吟诵篇章

论语（三则）

春秋·孔子①

敏而好学，不耻下问，是以谓之文也。

知之为知之，不知为不知，是知也。

默而识之，学而不厌，诲人不倦，何有于我哉！

2. 内容简释

孔子（前551—前479），名丘，字仲尼，春秋末期思想家、教育家、政治家，儒家学派创始人。《论语》为儒家学派重要经典，记录了孔子及其弟子的言行，集中反映了孔子的哲学思想、道德观念和教育理念。

此三则乃学问之道。第一则讲虚心求教的重要性。第二则讲人要诚实面对自己的学问，不可自欺欺人。第三则讲人要以学为乐，无论是自己学习还是教导别人，都不会感到厌倦。

3. 参考吟谱

该作品为太阴文，吟谱如下：

---

① 《论语》由孔子的弟子及再传弟子编写。

```
3 2  2 1  1 0 | 2 3  3 1  1  |
敏而  好学， 不耻 下 问，

1 6 1 1  2 6 6 5 3 | 1 1  2 6  6  |
是以谓之  文 也。  知之 为知  之，

1 1  2 6  6  | 6 1  6 6 5 3 | 1 1  2 6  6  |
不知  为不  知，  是 知 也。  默而  识 之，

1 1  2 6 0 6 | 1 1  2 6 0 6 | 6 1 5 6  6 5 3 3 ‖
学而  不 厌， 诲人  不 倦， 何有于我 哉！
```

《论语(三则)》苏州话

《论语(三则)》普通话

(二)《大道之行也》的吟诵

1. 吟诵篇章

大道之行也

先秦·《礼记》①

大道之行也，天下为公。选贤与能，讲信修睦。故人不独亲其亲，不独子其子，使老有所终，壮有所用，幼有所长，矜、寡、孤、独、废疾者皆有所养。男有分，女有归。货恶其弃于地也，不必藏于己；力恶其不出于身也，不必为己。是故谋闭而不兴，盗窃乱贼而不作，故外户而不闭，是谓大同。

2. 内容简释

《礼记》是中国古代儒家经典之一，与《周礼》《仪礼》并称"三礼"，是记录先秦时期礼仪制度和社会规范的重要资料。《礼记》由多个篇章组成，内容涉及礼制、礼仪、教育、政治、哲学等各个方面，体现了先秦儒家的政治、哲学和伦理思想。

这段文字出自《礼记·礼运》中的《大同》篇。作者提出了"天下为公"的大同理想，并从社会制度、人才选拔、社会关怀、经济生活、社会安全与和谐等多个方面进行了阐

---

① 《大道之行也》出自《礼记·礼运》中的《大同》篇，乃先秦儒者所写。

释。其描绘的大同社会基本特征展现了儒家的理想社会蓝图。

3. 参考吟谱

该作品为太阴文，吟谱如下：

2 3	3 1 1 1 1	2 5 6 5 3	5 3 5 6
大道	之 行 也， 天下	为 公。	选 贤 与 能，

1 1	2 6	6	2 1 1 0 1 1 2 6 6
讲信	修	睦。	故 人 不 独 亲 其 亲，

1 0 1 1	2 6	6	2 2 3 1 1 2 3
不 独 子	其	子，	使 老 有 所 终， 壮 有

1 1 1 1	2 6 6	2 3	1 0 2. 3
所 用， 幼 有	所 长，	矜、寡、	孤、独、废 疾

1 1 1	2 6 6 5 3 —	3. 5 3	1 1̇ 6 6
者 皆 有	所 养。	男 有 分，	女 有 归。

2 2 3 1 1	2 6 6	1 1 1.	2 6 6
货 恶 其 弃 于	地 也，	不 必 藏	于 己；

2 2 3 1 1 1	2 6 6	1 1 0 2 6 6 5 3
力 恶 其 不 出 于	身 也，	不 必 为 己。

5 3 5 5 6	1 6 6	2 2 0 6	1 0 2
是 故 谋闭 而 不 兴，	盗 窃	乱 贼	而

6 6 2 2 2 3 1 1	1 1	2 6 6 5 3
不 作， 故 外 户 而 不 闭，	是 谓	大 同。

《大道之行也》苏州话　　《大道之行也》普通话

（三）《曹刿论战》的吟诵

1. 吟诵篇章

曹刿论战

春秋·左丘明

十年春，齐师伐我，公将战，曹刿请见，其乡人曰："肉食者谋之，又何间焉？"刿曰："肉食者鄙，未能远谋。"乃入见，问："何以战？"公曰："衣食所安，弗敢专也，必以分人。"对曰："小惠未遍，民弗从也。"公曰："牺牲玉帛，弗敢加也，必以信。"对曰："小信未孚，神弗福也。"公曰："小大之狱，虽不能察，必以情。"对曰："忠之属也，可以一战，战则请从。"

公与之乘，战于长勺，公将鼓之，刿曰："未可。"齐人三鼓，刿曰："可矣。"齐师败绩，公将驰之，刿曰："未可。"下视其辙，登轼而望之，曰："可矣。"遂逐齐师。

既克，公问其故，对曰："夫战，勇气也。一鼓作气，再而衰，三而竭。彼竭我盈，故克之。夫大国，难测也，惧有伏焉，吾视其辙乱，望其旗靡，故逐之。"

2. 内容简释

左丘明（生卒年不详），春秋末期文学家、史学家、思想家，曾任鲁国太史。相传曾著《左传》《国语》。《左传》是对《春秋》这部编年体史书的注释与扩展，详细记录了春秋时期各国的政治、军事、外交和文化等方面的重要事件和重要人物，反映了先秦时期的思想文化和价值观。《左传》与《公羊传》、《谷梁传》并称为"春秋三传"，是研究《春秋》的重要辅助文献。

《曹刿论战》是《左传》的名篇，记载了春秋时期齐鲁长勺之战的历史。曹刿强调了民心的重要性，指出只有得到民众的支持，才能取得战争的胜利。在实战中，曹刿通过对齐军的观察，选择了最佳的进攻时机，最终取得了胜利。这篇文章通过对话的形式，展现了曹刿的战略眼光和洞察能力。

3. 参考吟谱

该作品为太阳文，吟谱如下：

5 3	5	3 5	3 5	i 6	6 6	i 6	6
十年	春，	齐师	伐我，	公	将战，	曹刿	请见，

6 i	2 6	6 0 i i	2 6	6	i i	2	6 6 5 3
其乡	人	曰："肉食者	谋之，	又	何	间	焉？"

$\underline{1}\ \underline{6}\ \underline{5}\ \underline{3}\ \underline{6}\ 6\ \underline{\underline{1}\ \underline{1}}\ \underline{\dot{2}\ 6}\ 6\ \dot{1}.\ \underline{5}\ \underline{\overset{\frown}{\dot{1}}}\ \dot{1}\ \underline{\underline{1\ \dot{2}}}\ \underline{6\ \underline{6\ 5}}\ 3\ |$
刈曰："肉食者鄙，未能　远　谋。"乃　入见，问："何以战？"

$\dot{1}\ \underline{6\ 0}\ \dot{1}.\ \ \underline{\dot{1}\ 6}\ 6\ \underline{\underline{\dot{1}\ \dot{1}}}\ \underline{\dot{2}\ 6}\ 6\ \underline{\underline{\dot{1}\ \dot{1}}}\ \underline{\dot{1}\ 6}\ 6$
公曰："衣　食所安，弗敢　专　也，必以　分　人。"

$\dot{1}\ \underline{6\ 0}\ \underline{\dot{1}\ \dot{1}}\ \ \underline{\dot{2}\ 6}\ 6\ \underline{\underline{\dot{1}\ \dot{1}}}\ \underline{0\ \dot{2}}\ 6\ \underline{6\ 5}\ 3\ |$
对　曰："小惠　未　遍，民弗　从也。"

$\dot{1}\ \underline{6\ 0}\ \dot{1}\ \underline{\dot{1}\ 6}\ 6\ \underline{\underline{\dot{1}\ \dot{1}}}\ \underline{\dot{2}\ 6}\ 6\ \underline{\dot{1}\ 0}\ \dot{1}\ 6\ |$
公　曰："牺　牲玉帛，弗敢　加　也，必以　信。"

$\dot{1}\ \underline{6\ 0}\ \underline{\dot{1}\ \dot{1}}\ \underline{\dot{2}\ 6}\ 6\ \dot{1}.\ \ \underline{\dot{1}\ 0}\ \dot{1}\ \underline{6\ 5}\ 3\ \dot{1}\ \underline{6\ 0}$
对　曰："小信　未　孚，神　弗　福也。"　公　曰：

$\underline{\dot{1}\ \dot{1}}\ \ \underline{\dot{2}\ 6}\ 6\ 5\ \underline{3\ 0}\ 5\ \underline{6\ 0}\ \dot{1}\ 6\ 6\ \dot{1}\ \underline{6\ 0}$
"小大　之狱，虽不能察，必以情。"对曰：

$\underline{\dot{1}\ \dot{1}}\ \underline{\dot{2}\ 6}\ 6\ \underline{\dot{2}}\ 3\ \underline{\dot{1}\ 0}\ \dot{1}\ \underline{\underline{\dot{1}\ \dot{1}}}\ \underline{0\ \dot{2}}\ 6\ \underline{6\ 5}\ 3\ |$
"忠之　属也，可以一　战，战则　请从。"

$5\ \underline{3\ 5}\ 6\ \underline{\dot{1}\ \dot{1}}\ 6\ 6\ \underline{\dot{1}\ \dot{1}}\ 6\ 6\ \dot{1}\ \underline{6\ 0}\ \underline{5\ 6}$
公与之乘，战于长勺，公将鼓之，刈曰："未可。"

$\underline{2\ 3}\ \underline{3\ \dot{2}}\ \underline{\dot{2}\ \dot{2}}\ \underline{3\ 0}\ \underline{\dot{1}\ \dot{1}}\ |\ \underline{\dot{2}\ 3}\ \dot{1}\ \underline{\dot{1}\ \dot{1}}\ \dot{1}\ \underline{\dot{2}\ 6}\ 6$
齐人三鼓，刈曰："可矣。"齐师败绩，公将　驰之，

$\dot{1}.\ \underline{\dot{2}}\ 6\ 6\ \underline{\dot{1}\ \dot{2}}\ 6\ \underline{6\ 0}\ \underline{\dot{1}\ \dot{1}}\ \underline{\dot{2}\ 6}\ 6$
刈　曰："未可。"下视其辙，登轼而望之，

$\underline{6\ 0}\ \underline{\dot{1}\ 6}\ \dot{1}\ \underline{\dot{1}\ 0}\ \underline{6\ 5}\ 3\ \underline{\dot{1}\ 5}\ 6\ \dot{1}\ \dot{2}$
曰："可矣。"遂逐齐师。既克，　公问

$6\ 6\ \dot{1}\ \underline{6\ 0}\ \dot{1}\ 6\ \dot{1}\ 6\ 6\ \underline{\dot{2}\ 3}\ \dot{1}\ \dot{1}$
其故，对曰："夫战，勇气也。一鼓作气，

```
i 6 6 i 6 60 | 5 5 6 5 i. 2 6 0 6 5 3 |
```
再而衰，三而竭。彼竭我盈，故 克 之。

```
i 6 6 0 6 i 0 6 i i 2 6 0 6 2 3
```
夫 大 国， 难 测 也， 惧 有 伏 焉， 吾 视

```
2 i i i i 2 6 6 i 2 0 6 6 5 3 ‖
```
其 辙 乱， 望 其 旗 靡， 故 逐 之。"

《曹刿论战》苏州话　　《曹刿论战》普通话

课后练习

1. 熟练掌握经文吟诵的基本吟调。
2. 请尝试用唐调吟诵以下内容：

中庸（第一章）

战国·子思

天命之谓性，率性之谓道，修道之谓教。道也者，不可须臾离也；可离，非道也。是故君子戒慎乎其所不睹，恐惧乎其所不闻，莫见乎隐，莫显乎微，故君子慎其独也。喜、怒、哀、乐之未发，谓之中；发而皆中节，谓之和。中也者，天下之大本也；和也者，天下之达道也；致中和，天地位焉，万物育焉。

孟子（梁惠王章句上·第一节）

战国·孟子①

孟子见梁惠王。王曰："叟！不远千里而来，亦将有以利吾国乎。"孟子对曰："王何必曰利，亦有仁义而已矣。王曰'何以利吾国'，大夫曰'何以利吾家'，士庶人曰'何以利吾身'。上下交征利而国危矣。万乘之国弑其君者，必千乘之家；千乘之国弑其君者，必百乘之家。万取千焉，千取百焉，不为不多矣。苟为后义而先利，不夺不餍。未有仁而遗其亲者也，未有义而后其君者也。王亦曰仁义而已矣，何必曰利。"

---

① 《孟子》由孟子及其弟子共同编撰而成。

第十八讲

古文的吟诵

古文的吟诵使用唐调。在唐文治先生的读文系统里，儒家十三经之外的散文，皆用古文吟调。

第一，基本吟调。

唐文治先生的古文吟调基本旋律如下：

5̲ 5̲ 6̲ 6̲ 2̲ 2̲ 3̲ 2̲ 2̲ 1̲ 6̲ 1̲ 5̲

古文吟调有以下四种基本腔格：

其一，5̲5̲ 6̲6̲，属于低腔。

其二，2̲2̲ 3̲2̲，属于高腔。

其三，2̲1̲ 6̲1̲ 5̲，属于完整性尾腔，也有2̲1̲ 6̲1̲的不完整性尾腔。完整性尾腔用在句群的末位句子结尾处；不完整性尾腔用在句群的中间句子结尾处，作为句子与句子之间的承接。

古文吟调包含高腔、低腔、尾腔三种程式结构。这三种程式结构都可以灵活运用：高腔可以变化；低腔也可以变化；尾腔可以完全展开，也可以不完全展开；可以一字一音，也可以一字多音，还可以多字一音。吟诵时，每一句群，由低腔起，逐渐高昂，中间可以上下往复，最后以尾腔结束。基本调式为徵调。

第二，依字行腔。

把吟诵的文字分为若干二字或三字词组，在每个词组内部看二字或三字的相对音高。如果前高后低，在低腔上就配6̲5̲，在高腔上就配3̲2̲；如果前低后高，在低腔上就配5̲6̲，在高腔上就配2̲3̲；如果前后同高，在低腔上就配6̲6̲，在高腔上就配3̲3̲；如果前后同低，在低腔上就配5̲5̲，在高腔上就配2̲2̲。一般先低腔再高腔，在文章线索处用低腔，在文章命意处用高腔。

在尾腔上，尾腔可以一字一音，也可以一字多音，还可以多字一音。为了不倒字甚至可以省略个别音，如在处理平声字的尾腔时，可以将原来的 2̲1̲ 6̲1̲ 5 省略为 2̲1̲ 1 5。例如：

2　3̲0̲ 2　2̲2̲1̲ 6̲1̲ 5　—｜
感　极而　悲者　矣。

"矣"字是感叹词，可以不考虑其字声，故完全依照尾调的旋律来处理。

3̲2̲2̲ 3̲2̲2̲　2̲1̲ 1 5̣　—｜
属予 作文　以 记 之。

"之"字具有实义，需要依字行腔，故将尾调改为 1̲5̣，以显示其阴平声的特征。

（一）《读书有三到（节选）》的吟诵

1. 吟诵篇章

读书有三到（节选）

宋·朱熹

余尝谓，读书有三到，谓心到，眼到，口到。心不在此，则眼不看仔细，心眼既不专一，却只漫浪诵读，决不能记，记亦不能久也。三到之中，心到最急。心既到矣，眼口岂不到乎？

2. 内容简释

朱熹（1130—1200），字元晦，一字仲晦，号晦庵，别称紫阳，谥号文，南宋理学家、教育家、诗人和书法家。他是理学的集大成者，对儒家思想的发展做出了重大贡献，被誉为"朱子"。著有《周易本义》《楚辞集注》《诗集传》等。

《读书有三到》强调了读书时心、眼、口三个方面的协调配合，而心到最为关键。如果心不在焉，即使眼在看文字，口亦在诵读，也仍旧无法真正理解内容。而用心去读书，眼与口自然会跟上，就会达到很好的学习效果。

3. 参考吟谱

该作品为太阴文，吟谱如下：

5̣·　5̣ 6̣　5̣ 6̣ 3̲ 2　1̲6̣ 2　3　2　3　2̲1̲ 6̲1̲ 5　—｜
余　尝谓，读书有三 到，谓 心 到，眼 到， 口到。

5̣·　5̣ 6̣　6̣ 2̲2̲ 3̲2̲　1̲6̣ 2　3·　2·　2　3̲2̲ 2
心　不在　此，则眼 不看 仔细， 心 眼 既 不专 一， 却只漫

```
3   3   2 0 2 2  1 6̇  2·3 2 1 1   1 6̇  1   5  —  |
浪  诵  读，决不能  记，  记亦不能    久  也。

5̇  5̇  6̇ 6̇  2 2  3  2 0 2 3  3 2 3  2 2  2·3 2 1 1 6̇ ||
三 到 之 中， 心 到 最 急。心 既 到 矣，眼 口 岂 不 到 乎？
```

《读书有三到(节选)》苏州话 《读书有三到(节选)》普通话

（二）《铁杵成针》的吟诵

1. 吟诵篇章

铁杵成针①

宋·祝穆

磨针溪，在眉州象耳山下。世传李太白读书山中，未成，弃去。过小溪，逢老媪，方磨铁杵。白怪而问之，媪曰："欲作针。"白曰："杵成针，得乎？"曰："但需工深！"太白感其意，还卒业。

2. 内容简释

祝穆(？—1256)，字伯和，又字和甫，晚号樟隐老人，南宋学者。祝穆受业于朱熹，勤奋好学、嗜书如命，游历四方、遍访民情。他博学多才，著有《方舆胜览》《古今事文类聚》等。

《铁杵成针》出自《方舆胜览·眉州·磨针溪》，讲述了李白小时候被一位老妇人铁杵磨针的精神感动，从而继续完成学业的故事。这个故事说明了一个深刻的道理：只要有恒心和毅力，再难的事情也能做成功。

3. 参考吟谱

该作品为少阳文，吟谱如下：

```
5  6̇  6̇   3   2   3  3  5  2  1   6̇ 1 5  —  |
磨 针 溪， 在  眉  州 象 耳 山 下。

6̇  5̇  2   1·    6̇ 2 0 3  2 1  2 1  6̇ 1 5  —  |
世  传 李  太    白 读 书  山 中， 未 成、弃 去。
```

---

① 该文略有改动。

```
6
5  6  6  2  3  2  2  1  -  6 0 1  5  -
过 小 溪, 逢 老 媪, 方 磨    铁   杵。

5 0 6 5 6 6 2 3 22 32 5 5 2 2 3 1 6 6
白 怪 而 问 之, 媪 曰:"欲作针。"白曰:"杵 成 针, 得乎?"

5 0 3 2 3 2 3.2 2 3 2 21 6 0 1 5 -
曰:"但 需 工 深!" 太 白 感 其 意, 还 卒 业。
```

《铁杵成针》苏州话

《铁杵成针》普通话

（三）《伯牙鼓琴》的吟诵

1. 吟诵篇章

伯牙鼓琴[①]

战国·吕不韦

伯牙善鼓琴，钟子期善听。伯牙鼓琴，志在高山，钟子期曰："善哉，峨峨兮若泰山！"志在流水，钟子期曰："善哉，洋洋兮若江河！"伯牙所念，钟子期必得之。子期死，伯牙谓世再无知音，乃破琴绝弦，终身不复鼓。

2. 内容简释

吕不韦（？—前235），战国末年商人、政治家、思想家，官至秦国丞相。《吕氏春秋》为吕不韦主持编撰。全书分为十二纪、八览、六论，共一百六十篇，二十余万字，内容涵盖政治、经济、军事、文化、哲学等多个领域，以道家学说为主体，兼采儒、法、墨、农、兵、阴阳等诸家思想。

《伯牙鼓琴》出自《吕氏春秋·本味》，讲述了俞伯牙与钟子期之间深厚友谊的故事。钟子期能够准确地理解俞伯牙弹琴时的心境，两人心灵相通，彼此成为知音。当钟子期去世后，俞伯牙因为失去知音，悲痛之下决定不再弹琴。该故事告诉我们，真正的艺术可以超越身份和地位的界限，同时也发出了知音难寻、友谊珍贵的感慨。

---

① 该文略有改动。

3. 参考吟谱

该作品为少阳文，吟谱如下：

```
6 5 6 6 5 2 3 2 2 1 6 1 5 - | 6 5 6 5 2
伯 牙 善 鼓 琴， 钟 子 期 善 听。     伯 牙 鼓 琴，志

2 1 6 2 3 2 20 2 1 2 3 2 - 20 16 15 5
在 高 山， 钟 子 期 曰："善 哉， 峨 峨 兮 若 泰 山！"

2 2 1 6 2 3 2 20 2 1 2 3 2 - 20 2 1 6 1 5 -
志 在 流 水， 钟 子 期 曰："善 哉， 洋 洋 兮 若 江 河！"

3 2 3 2 3 2 2 2 21 1 6 | 5 6 6 3 2 2
伯 牙 所 念， 钟 子 期 必 得 之。 子 期 死， 伯 牙 谓

3 3 2 3 2 | 3 3 2 2 2 3 2 2 210 16 6
世 再 无 知 音， 乃 破 琴 绝 弦， 终 身 不 复 鼓。
```

《伯牙鼓琴》苏州话

《伯牙鼓琴》普通话

课后练习

1. 熟练掌握古文吟诵的基本吟调。
2. 请尝试用唐调吟诵以下内容：

盖士人读书

清·曾国藩

盖士人读书，第一要有志，第二要有识，第三要有恒。有志则断不甘为下流；有识则知学问无尽，不敢以一得自足，如河伯之观海，如井蛙之窥天，皆无识者也；有恒则断无不成之事。此三者缺一不可。

马说

唐·韩愈

　　世有伯乐，然后有千里马。千里马常有，而伯乐不常有。故虽有名马，祇辱于奴隶人之手，骈死于槽枥之间，不以千里称也。

　　马之千里者，一食或尽粟一石。食马者不知其能千里而食也。是马也，虽有千里之能，食不饱，力不足，才美不外见，且欲与常马等不可得，安求其能千里也？

　　策之不以其道，食之不能尽其材，鸣之而不能通其意，执策而临之，曰："天下无马！"呜呼！其真无马邪？其真不知马也！

第十九讲

骈文的吟诵

其一，基本吟调。

骈文的吟诵使用叶奕万先生的传调，基本旋律如下：

模式一：

$\underline{5\ 3}\ \underline{5\ 5}$

$\underline{\dot{1}\ 3}\ \underline{2\ \dot{1}}$

在字数较多的情况下，则要在原来旋律前面增加音符，比如：

$6\quad \underline{5\ 3}\ \underline{5\ 5}$

$\underline{5\ 6}\ \underline{\dot{1}\ 3}\ \underline{2\ \dot{1}}$

其中，$\underline{5\ 3}\ \underline{5\ 5}$ 可以加花，变成 $\underline{5 6 5 3}\ \underline{5 5}$；$\underline{\dot{1}\ 3}\ \underline{2\ \dot{1}}$ 也可以加花，第二个 $\dot{1}$ 可再下滑至 6，变成 $\underline{\dot{1}\ 3}\ \underline{2 3 2 \dot{1} 6}$。

模式二：

$\underline{\dot{3}\ 5}\ \underline{\dot{3}\ 2}\ |\ \underline{\dot{1}\ 2}\ \underline{\dot{1}\ 6}\ |$

$\underline{6\ \dot{1}}\ \underline{\dot{1}\ 5}\ |\ \underline{6\ \dot{1}\ 6}\ \underline{5\ 3}\ |\ \overset{3}{5}\quad -\quad |$

该模式适合上下七字句，其中，靠前的 $\underline{\dot{3}\ 5}\ \underline{\dot{3}\ 2}$ 和 $\underline{6\ \dot{1}}\ \underline{\dot{1}\ 5}$ 可以根据字声进行变化。

在结尾处，则有如下变化：在尾音上做曲折状，如 $\underline{\dot{1}\ 3 5}\ 6$ 或 $\underline{\dot{1}\ 6 3}\ 5$；在最末两字上做颤音，如 $\underline{6\ \dot{1}\ \dot{1}\ 5}$。

其二，依字行腔。

对于模式一基本旋律靠前的部分，无论上句或下句，都可以根据字声选择 $\underline{5\ 6\ \dot{1}}$

三个音进行相应的匹配。而对于靠后的部分，则可以对原来的音加前倚音或加花，但落音必须与基本旋律的落音一致。

对于模式二基本旋律靠前的部分，上句可以围绕3上下浮动以适应字声，下句可以围绕i上下浮动以适应字声。而对于靠后的部分，则可以对原来的音加前倚音或加花，但落音必须与基本旋律的落音一致。

（一）《滕王阁序》的吟诵

1. 吟诵篇章

滕王阁序

唐·王勃

豫章故郡，洪都新府。星分翼轸，地接衡庐。襟三江而带五湖，控蛮荆而引瓯越。物华天宝，龙光射牛斗之墟；人杰地灵，徐孺下陈蕃之榻。雄州雾列，俊采星驰。台隍枕夷夏之交，宾主尽东南之美。都督阎公之雅望，棨戟遥临；宇文新州之懿范，襜帷暂驻。十旬休假，胜友如云；千里逢迎，高朋满座。腾蛟起凤，孟学士之词宗；紫电清霜，王将军之武库。家君作宰，路出名区；童子何知，躬逢胜饯。

时维九月，序属三秋。潦水尽而寒潭清，烟光凝而暮山紫。俨骖騑于上路，访风景于崇阿；临帝子之长洲，得天人之旧馆。层峦耸翠，上出重霄；飞阁流丹，下临无地。鹤汀凫渚，穷岛屿之萦回；桂殿兰宫，即冈峦之体势。

披绣闼，俯雕甍，山原旷其盈视，川泽纡其骇瞩。闾阎扑地，钟鸣鼎食之家；舸舰弥津，青雀黄龙之舳。云销雨霁，彩彻区明。落霞与孤鹜齐飞，秋水共长天一色。渔舟唱晚，响穷彭蠡之滨；雁阵惊寒，声断衡阳之浦。

遥襟甫畅，逸兴遄飞。爽籁发而清风生，纤歌凝而白云遏。睢园绿竹，气凌彭泽之樽；邺水朱华，光照临川之笔。四美具，二难并。穷睇眄于中天，极娱游于暇日。天高地迥，觉宇宙之无穷；兴尽悲来，识盈虚之有数。望长安于日下，目吴会于云间。地势极而南溟深，天柱高而北辰远。关山难越，谁悲失路之人？萍水相逢，尽是他乡之客。怀帝阍而不见，奉宣室以何年？

嗟乎！时运不齐，命途多舛。冯唐易老，李广难封。屈贾谊于长沙，非无圣主；窜梁鸿于海曲，岂乏明时？所赖君子见机，达人知命。老当益壮，宁移白首之心？穷且益坚，不坠青云之志。酌贪泉而觉爽，处涸辙以犹欢。北海虽赊，扶摇可接；东隅已逝，桑榆非晚。孟尝高洁，空余报国之情；阮籍猖狂，岂效穷途之哭！

勃，三尺微命，一介书生。无路请缨，等终军之弱冠；有怀投笔，慕宗悫之长风。舍簪笏于百龄，奉晨昏于万里。非谢家之宝树，接孟氏之芳邻。他日趋庭，叨陪鲤对；今兹捧袂，喜托龙门。杨意不逢，抚凌云而自惜；钟期既遇，奏流水以何惭？

呜呼！胜地不常，盛筵难再；兰亭已矣，梓泽丘墟。临别赠言，幸承恩于伟饯；登高作赋，是所望于群公。敢竭鄙怀，恭疏短引；一言均赋，四韵俱成。请洒潘江，各倾陆海云尔：

> 滕王高阁临江渚，佩玉鸣鸾罢歌舞。
> 画栋朝飞南浦云，珠帘暮卷西山雨。
> 闲云潭影日悠悠，物换星移几度秋。
> 阁中帝子今何在？槛外长江空自流。

2. 内容简释

王勃（649—676），字子安，唐代文学家。与杨炯、卢照邻、骆宾王并称"初唐四杰"。代表作有《送杜少府之任蜀州》《临高台》《秋夜长》《滕王阁序》等。

《滕王阁序》开篇引入滕王阁所处地势，介绍当地人才辈出。继而描绘滕王阁的宏伟构筑，以及从阁上远眺的广阔视野和自然风光。再从宴会娱游写到人生际遇，抒发身世之感和怀才不遇的愤懑心情。序文最后，作者提到自己应命作诗，并表达了对在座诸公的尊敬和期待。在序文最后的诗作中，作者既抒发了对历史人物的追忆之情，也寄寓了对自然永恒、人生短暂的思考。

3. 参考吟谱

该作品为少阴文，吟谱如下：

之美。都督阎公之雅望,棨戟遥临;宇文新州之懿范,襜帷暂驻。十旬休假,胜友如云;千里逢迎,高朋满座。腾蛟起凤,孟学士之词宗;紫电清霜,王将军之武库。家君作宰,路出名区;童子何知,躬逢胜饯。

时维九月,序属三秋。潦水尽而寒潭清,烟光凝而暮山紫。俨骖騑于上路,访风景于崇阿;临帝子之长洲,得天人之旧馆。层峦耸翠,上出重霄;飞阁流丹,下临无地。鹤汀凫渚,穷岛屿之萦回;桂殿兰宫,即冈峦之体势。披绣闼,俯雕甍,山原旷其盈视,川泽纡其骇瞩。

闾阎扑地，钟鸣鼎食之家；舸舰弥津，青雀黄龙之舳。云销雨霁，彩彻区明。落霞与孤鹜齐飞，秋水共长天一色。渔舟唱晚，响穷彭蠡之滨；雁阵惊寒，声断衡阳之浦。遥襟甫畅，逸兴遄飞。爽籁发而清风生，纤歌凝而白云遏。睢园绿竹，气凌彭泽之樽；邺水朱华，光照临川之笔。四美具，二难并。穷睇眄于中天，极娱游于暇日。天高地迥，觉宇宙之无穷；兴尽悲来，识盈虚之有数。望长安于日下，目吴会于云间。地势极而南溟深，天柱高而北辰远。关山难越，谁悲失路之人？萍水相逢，尽是他乡之客。怀帝阍而不见，奉宣室以何年？嗟乎！时运不齐，命途多舛。冯唐易老，李广难封。屈贾谊于长沙，非无圣主；窜梁鸿于海曲，岂乏明时？所赖君子见机，达人知命。老当益壮，宁移白首之心？穷且益坚，不坠青云之志。酌贪泉而觉爽，处涸辙以犹欢。北海虽赊，扶摇可接；东隅

| 5 5 1̇ 1̇ | 2̂3̂2̂1̂ 6 | 1̇ 3̇ 2̂3̂2̂1̂6 | 1̇ 3̇ 6̂1̂6̂5̂3 |

已逝，桑榆非晚。孟尝高洁，空余报国

| 5 5 3 | 3 0 5 5 | 5 6 1̇ 1̇ | 2̂3̂2̇ 1̇0̂6̂5 |

之情；阮籍猖狂，岂效穷途之哭！

| 6 — ‖ X 0 | 6̂1̂6̂5̂3 5 5 | 1̇ 1̇ 2̂3̂2̂1̂6 |

勃，　　三尺微命，一介书生。

| 3̇ 3̇ 2̇ 1̂6 | 6̂1̂ 6̂1̂6̂5̂3 | 5 5 6 | 5·3 5 5 |

无路请缨，等终军之弱冠；有怀投笔，

| 0 5 6 1̇ 1̇ | 2̂3̂2̂1̂ 6 | 5̂6̂1̇ 2̂3̂2̂1̂6 | 6̂1̂ 6̂1̂6̂5̂3 |

慕宗悫之长风。舍簪笏于百龄，奉晨昏于

| 5 5 1̇ 6̂1̇ | 5·3 5 5 | 5̂6̂1̇ 3̇3̇2̇ | 1̇ 6 6 |

万里。非谢家之宝树，接孟氏之芳邻。

| 3̇·3̇ 2̇ 1̇ | 6̂1̂6̂5̂3 5 5 | 6 5·3 | 5 5 1̇ 3̇ |

他日趋庭，叨陪鲤对；今兹捧袂，喜托

| 2̂3̂2̂1̂6 6 | 1̇ 3̇ 2̂3̂2̂1̇ | 6̂1̂ 6̂1̂6̂5̂3 | 5 5 0 |

龙门。杨意不逢，抚凌云而自惜；

| 6 5·3 | 5 5 5 6 | 1̇ 3̇ 2̇3̇2̇ | 1̇ 6̂3̂5 ‖

钟期既遇，奏流水以何惭？

| 5 3 3 | 3 5·3 | 5 5 5 1̇ 1̇ | 2̂3̂2̂1̂6 1̂3̇ |

呜呼！胜地不常，盛筵难再；兰亭

| 2̇ 1̇ 6̂1̂6̂5̂3 | 5 5 3 | 3 0 5 5 | 5 6 1̇ 3̇ |

已矣，梓泽丘墟。临别赠言，幸承恩于

| 2̂3̂2̂1̂6 3̇ 3̇ | 2̂3̂2̂1̂6 6̂1̂ | 6̂1̂6̂5̂3 5 5 | 6 5·3 |

伟饯；登高作赋，是所望于群公。敢竭

（乐谱：鄙怀，恭疏短引；一言均赋，四韵俱成。请洒潘江，各倾陆海云尔：滕王高阁临江渚，佩玉鸣鸾罢歌舞。画栋朝飞南浦云，珠帘暮卷西山雨。闲云潭影日悠悠，物换星移几度秋。阁中帝子今何在？槛外长江空自流。）

《滕王阁序》苏州话　　《滕王阁序》普通话

课后练习

1. 熟练掌握骈文吟诵的基本吟调。
2. 请尝试吟诵以下内容：

涧底寒松赋

唐·王勃

岁八月壬子，旅游于蜀，寻茅溪之涧，深溪绝磴，人迹罕到，爰有松焉。冒霜停雪，苍然百丈，虽崇柯峻颖，不能逾其岸。呜呼斯松！托非其所，出群之器，何以别乎？盖物有类而合情，士因感而成兴。遂作赋曰：

惟松之植，于涧之幽。盘柯跨崄，沓柢凭流。寓天地兮何日，沾雨露兮几秋？见时华之屡变，知俗态之多浮。故其磊落殊状，森梢峻节。紫叶吟风，苍条振雪。

嗟英鉴之希遇，保贞容之未缺。攀翠崿而形①疲，指丹霄而望绝。已矣哉！盖用轻则资众，器宏则施寡。信栋梁之已成，非榱桷之相假。徒志远而心屈，遂才高而位下。斯在物而有焉，余何为而悲者？

春赋
南北朝·庾信

宜春苑中春已归，披香殿②里作春衣。新年鸟声千种啭，二月杨花满路飞。河阳一县并是花，金谷从来满园树。一丛香草足碍人，数尺游丝即横路。开上林而竞入，拥河桥而争渡。

出丽华之金屋，下飞燕之兰宫。钗朵多而讶重，髻鬟高而畏风。眉将柳而争绿，面共桃而竞红。影来池里，花落衫中。

苔始绿而藏鱼，麦才青而覆雉。吹箫弄玉之台，鸣佩凌波之水。移戚里而家富，入新丰而酒美。石榴聊泛，蒲桃酸醅。芙蓉玉碗，莲子金杯。新芽竹笋，细核杨梅。绿珠捧琴至，文君送酒来。

玉管初调，鸣弦暂抚。《阳春》《渌水》之曲，对凤回鸾之舞。更炙笙簧，还移筝柱。月入歌扇，花承节鼓。协律都尉，射雉中郎。停车小苑，连骑长杨。金鞍始被，柘弓新张。拂尘看马埒，分朋入射堂。马是天池之龙种，带乃荆山之玉梁。艳锦安天鹿，新绫织凤凰。

三日曲水向河津，日晚河边多解神。树下流杯客，沙头渡水人。镂薄窄衫袖，穿珠帖领巾。百丈山头日欲斜，三晡未醉莫还家。池中水影悬胜镜，屋里衣香不如花。

---

① 形：一作"神"。
② 殿：一作"楼"。

附录一

作为儒家工夫论的读文法[①]

唐文治(1865—1954),字颖侯,号蔚芝,晚号茹经,中国近代杰出的教育家、经学家。兼采汉宋,博通经史,可谓一代大儒。唐文治的文章理论以理学为基础,融合了桐城派的传统,创造了具有儒家工夫论性质的读文系统,既增加了传统文章理论的深度,又开拓了儒家工夫论的路径。

一、文章理论的两大来源

唐文治文章理论有两个源头。一个是直接源头,即桐城吴汝纶先生的文章气论思想,吴汝纶接续了曾国藩之湘乡派,继而上承桐城派。一个是间接源头,即唐文治的儒学思想,尤其是宋明理学中天道性命相贯通的理论。两个源头一经贯通,便形成了以孔子为发端的文统传承谱系,并建立了一套以读文、作文为切入口,兼具文统论、本体论、工夫论、境界论、实践论的整全系统。

(一)桐城吴汝纶的教导

唐文治的文章理论多得益于吴汝纶。在唐文治所作《桐城吴挚甫先生文评手迹跋》中,唐文治主要叙述了其与吴汝纶的两次交往。第一次交往中吴汝纶向唐文治讲了古文四象的理论:"天壤间作者能有几人?子欲求进境,非明文章阴阳刚柔之

[①] 该文原题为"作为儒家工夫论的读文法——论唐文治的文章理论",发表于《江南大学学报(人文社会科学版)》2020年第5期,收入本《教程》后略有修改。

道不可。"① 并告诉唐文治，学者应读之文为《古文辞类纂》《经史百家杂钞》。第二次交往在日本，吴汝纶除了向唐文治讲曾国藩、李鸿章之旧事外，还特意细谈了读文之法，其曰："不求之于心，而求之于气，不听之以气，而听之以神。大抵盘空处如雷霆之旋太虚，顿挫处如钟磬之扬余韵；精神团结处则高以侈，叙事繁密处则抑以敛；而其要者，纯如绎如，其音翱翔于虚无之表，则言外之意无不传。"② 又批评唐文治作文理学气太重，其言："文者，天地之精华，牢笼万有，靡所不赅。贵在独立，不当偏滞一隅。君文理学气太重。夫以理为学，固美矣善矣。若以理学为文，动杂以阴阳理气之说，则易入于肤庸而无变化，其弊与考据家之支离，词章家之浮靡，异体而同讥，宜洗涤之。"③ 又认为，学者应读之书，除六经之外，尚有七书：《史记》《前后汉书》《庄子》《韩文》《文选》《说文》《通鉴》。

这两次交往意义非凡，基本上确定了唐文治文章理论的三个基点。其一，以阴阳刚柔奠定文章的形上基础；其二，以因声求气确定文章的吟诵方法；其三，以儒经古文建立文章的文脉谱系。

事实上，从中国哲学史上看，这三个基点，都是依于中国古代的气论思想。该思想认为，天地间一切物质与精神的存有都是气，气本身波动不拘、沉浮不定，可以凝聚为具体的器，器又可以散播为无形无状的气。气无论聚散，本身就有与其他事物感通的能力。故而，文章亦可视为气之凝聚，读文章亦可具有感通的效用。

（二）宋明理学的影响

唐文治早年熟读儒家经典，十七岁受业于理学家王紫翔先生，具有非常深厚的理学功底。其后又撰写《四书大义》《性理学大义》《紫阳学术发微》《阳明学术发微》等，以朱子学为宗，旁涉诸家，在阐释经典时颇有理论创新，可见理学思想在唐文治一生中占有极为重要的地位。

唐文治在注疏《中庸》"喜怒哀乐之未发，谓之中；发而皆中节，谓之和"时，其言曰：

---

① 唐文治：《桐城吴挚甫先生文评手迹跋》，载王桐荪、胡邦彦、冯俊森等选注《唐文治文选》，上海交通大学出版社，2005，第 344 页。
② 唐文治：《桐城吴挚甫先生文评手迹跋》，载王桐荪、胡邦彦、冯俊森等选注《唐文治文选》，上海交通大学出版社，2005，第 344 页。
③ 唐文治：《桐城吴挚甫先生文评手迹跋》，载王桐荪、胡邦彦、冯俊森等选注《唐文治文选》，上海交通大学出版社，2005，第 345 页。

> 人事之吉凶悔吝，由于人心之喜怒哀乐相配而成……理为心之主，气为心之奴。人之心专以气用事，奴者主之，未有不亡身破家者也，是为大凶。悔恨多而哀感生，然哀者，清明之气也。两军相见，哀者胜矣。①

唐文治以朱子的理论为宗。朱子之学，心统性情，心在未发时感通性理，心在已发时发动情气。② 此已发的情气亦需要性理之主宰，只有这样才能获得真正的和。如果情气失去了性理之主宰，心的已发状态任由情气肆虐鼓荡，则为"奴者主之"，会导致负面效应。于是心悔恨哀感，故其发动的情气逐渐平息下来，重新回到性理之主宰中，成为清明之气。唐文治又说："天下之大本，不外乎阴阳刚柔之性；天下之达道，不外乎阴阳刚柔之情。"③ 阴阳刚柔是情气，情气背后的主宰是性理，此为大本；情气发动而皆由主宰规范，恰到好处，此为达道。在这样的心性论基础上，唐文治说"喜怒哀乐爱恶悲伤七情中节发为文章"④，其将文章视为情气之已发，由此将文章理论与宋儒心性论联系了起来。

由吴汝纶而上溯至桐城派，表现为具有气论色彩的文章理论；由宋明理学而上溯至《中庸》，则表现为具有心性论色彩的文章理论。心性论包含了理气关系，故而唐文治能够融合出一套以宋儒义理为基础的、包含气论思想的文章理论。

二、文章理论的纵横体系

唐文治的文章理论体现在他的诸多著作中，这些论著通过长短不一的论述，隐含着一个整体的系统。此系统既具有纵向的历史发展向度，也具有横向的义理架构向度。

（一）纵向的历史发展向度

由于唐文治坚持文道合一论，故其理解的读文就是感悟文章作者的神色品性。不同的文章有不同的作者，显现出不同的神色品性。故学习者学习的对象，应该是具有榜样作用的作者及其道德文章。由此，唐文治梳理了中国历史上堪为道德楷模的人物及其文学作品。在唐文治撰写的《国文经纬贯通大义》中，唐文治以经纵向

---

① 唐文治、顾实：《中庸讲疏两种》，中华书局，2019，第15—16页。
② 具体可以参看朱光磊：《朱子学思历程》，《孔孟月刊》2015年第9、10期。
③ 唐文治、顾实：《中庸讲疏两种》，中华书局，2019，第16页。
④ 唐文治：《古人论文大义》，民国铅印本，年代不详，第1页。

来贯通天人，以纬横向来贯通人事。故经纬一词，实指以道为核心原则的各类事理。而《国文经纬贯通大义》则是将以道为核心原则的各类事理落实到文章中来探讨，并排出了文脉传承的谱系，其言：

> 若是者何也？经纬而已矣。如是而推之于文，则读《易》可以悟《书》也，如是而读《书》可以悟《诗》也，如是而读《诗》《礼》，可以悟《春秋》也。孔子五十学《易》，作《十翼》，传法无一同者，经纬之变化也。《论语》二十篇，都凡数百章，篇法章法无一同者，经纬之变化也。《左传》《史记》之文，经纬千端，牢笼万有，而每篇体制面貌，亦无一同者，变化多也。韩柳欧苏诸子，则具体而微。下焉者，当以经纬之多寡，辨其所造之等次。晋以下之史书，宋以后之文集，几于千篇一律，览其前而即知其末者，变化少也。近世以来，"桐城""阳湖"号为宗派者，颇能学古人之经纬，稍稍运用于其间，而其气体或荼弱而不能振。天资耶？人事耶？抑时代为之耶？①

唐文治认为，文章的传承以儒家六经发端，而逐渐流变为后世的古文。这既指出了历代可供学习的文章，也排列了历代文章先易后难、层层深入的学习秩序。例如：唐文治《国文阴阳刚柔大义》一书分为上、中、下三编，上编收录《周易》《尚书》《诗经》《礼记》《论语》《孟子》；中编收录《战国策》《庄子》；下编收录贾谊、董仲舒、司马相如、贾捐之、司马迁、扬雄、刘向、班固、韩愈、欧阳修的文章。唐文治拟出了读文的顺序："后之君子得吾言而深思之，由下编以溯中编，而至上编，则自有津梁之可逮。"② 由欧阳修入门，继而返之汉唐，由汉唐返之儒家经典。同时，这种文章的流变，既是文章次序的排列，又是历史上具有儒家品性的圣贤君子的排列。

在《古文大义》中，唐文治亦有类似的评述。他以儒学系统中的立诚为标准，衡量挑选历来的文家。唐文治言：

> 伊古以来，周公、孔子、曾子、孟子之文，修辞之最能立诚者也。下逮司马迁、董仲舒、刘向、班固、诸葛武侯、陆宣公、韩文公、欧阳文忠公、范文

---

① 唐文治：《国文经纬贯通大义》，载王水照编《历代文话》第九册，复旦大学出版社，2007，第8241页。
② 唐文治：《国文阴阳刚柔大义》，载唐文治著《茹经堂文集》三编，台湾文海出版社，1974，第1228页。

正公、司马温公、朱子、王文成公，以及本朝之陆尊道、汤文正、陆清献、张清恪、胡文忠、曾文正、左文襄诸家之文，亦均能立诚者也。惟其诚意有深浅，故文字亦有深浅。①

唐文治所建立的文统脉络，表面上与吴汝纶所传之桐城派塑造的文统脉络颇为近似，但实则已经由气论思想更深入一层，在宋儒心性论的意义上重新奠定了文统谱系的性理学基础。这种文章作者的排序也可以视为建立了以儒家义理为导向的文统谱系。学习者可以顺此文统谱系，不断调适上遂，提升自我，最终获得像先秦儒家一样的君子品格。

（二）横向的义理架构向度

在文统的历史谱系中划出一个横切面，从中挑选出具体的文章。在针对此具体文章的读文方法中，则隐藏着唐文治文章理论的横向系统。唐文治言：

> 学者欲穷理以究万事，必读文以究万法，又必先潜研乎规矩之中，然后能超出乎规矩之外，而又扶之以浩然之气，正大之音。格物致知，所以充其用也；阅世考情，所以广其识也。至于化而裁之，"从心所欲不逾矩"，所谓过此以往，未知或知也。由是而成经成史，成子成集，成训诂家，成性理家，成政治家，成大文学家，岂非通乎经纬之道而然哉？②

这段文字中，唐文治讲了读文的工夫实践与境界功效。读文的工夫实践是读文以究万法，既要研究规矩，又要超出规矩；养出浩然之气，发出正大之音；格物致知、阅世考情。境界功效则是化而裁之，从心所欲不逾矩，并写就经、史、子、集的著作而成为各方面的大家。

然而，学习者之所以能够通过读文的工夫实践获得如此的境界功效，更为基础的一点是因为所读的文章都是圣贤豪杰之文，唐文治说："圣贤豪杰之文，真理弥

---

① 唐文治：《国文大义》，载王水照编《历代文话》第九册，复旦大学出版社，2007，第8195—8196页。
② 唐文治：《国文经纬贯通大义》，载王水照编《历代文话》第九册，复旦大学出版社，2007，第8241页。

纶贯于内，精气旁薄溢乎外，刚柔阴阳，惟变所适。"① 又说："古之圣人阴阳刚柔悉合乎中，故其庆赏刑罚，各得其正；后世儒家能养之于喜怒哀乐未发之前，故其阴阳刚柔足以顺万事而无情，斯皆不必言文而实无在非文。"② 圣贤豪杰的文章具有诚中形外的特征，悉合乎中。依照朱子的理论：中的状态，就是心之未发而与性体冥一；和的状态，就是心之已发，以性来主宰情恰如其分地发动。唐文治将这套理论用于文章中，故文章乃为性情已发的表现。而后来的学习者读其文也可以获得性情上的熏陶，从而取得相应的功效。

依照上文的推论，其实唐文治文章理论横向的义理架构应该可以细化为三个维度：第一个是本体展开的维度，讲的是作为模范榜样的圣贤豪杰的诚中形外的展开逻辑；第二个是工夫实践的维度，讲的是学习者如何通过读者路径以圣贤豪杰的文章来培养浩然之气；第三个是境界功效的维度，讲的是学习者涵养了浩然之气，如何诚中形外写出优秀的文章，以及开物成务、经世济民。如果再进一步细化，以性表示道德性理的本体，以情表示气韵情感的发动，以声表示声音乐律的抗坠，以辞表示文辞篇章的撰写，那么三个维度的关系可以为表1所示：

表1 文章理论横向的义理架构

本体展开		性──→情──→声──→辞
工夫实践		辞──→声──→情──→性
境界功效	作文效用	性──→情──→声──→辞
	经世效用	性──→情──→开物成务、经世济民

唐文治文章理论横向的义理架构建立了一套本体论、工夫论、境界功效的体系，而纵向的排序则是就历代文章作者性情之高低流变而排列谱系。此谱系来源于儒家的尊经传统，故更多地基于圣贤人格之标准。从理论构架来看，横向的义理架构为其理论之主体；而纵向的排序则为文章作者圣贤境界之展现，是理论主体带出的必然后果。故我们的阐述，就依照横向的义理架构三个维度依次开展。

三、文章理论的本体展开

唐文治文章理论的本体展开是其工夫实践与境界功效的逻辑前提，从立诚方面

---

① 唐文治：《国文阴阳刚柔大义》，载唐文治著《茹经堂文集》三编，台湾文海出版社，1974，第1227页。
② 唐文治：《国文阴阳刚柔大义》，载唐文治著《茹经堂文集》三编，台湾文海出版社，1974，第1228页。

讲尽性，从气论方面讲生情，从阴阳四象方面讲化律成辞。

（一）诚以尽性

依据宋儒的理气说，作为气的文章发源于人之性理。而依照朱子心统性情的理论，心在性理与情气的发动中具有十分重要的作用。情气之发动，其形上基础是性，而实际操作则是心。心可以秉持性的方向而使情气的发动皆中节，也可以不秉持性的方向而使情气的发动不中节，故中节与否，全在一心。心如何能中节？关键在于诚。唐文治认为：

> 孔子有言"修辞立其诚"，诚者，尽性之本，修身之源，而即文家之萌柢也。《中庸》云"不诚无物"。[①]

诚的状态，就是不具私意地去成就意识中的对象。只有不具私意，心意才能达到纯粹，故其形上本源的性体的方向才能真正地被心所秉持，心也才能真正地穷尽性体之奥妙。以此来看文章，则文章在于文章的作者，即所谓文家，而文家则在于文家之心，文家之心则在于文家之心的诚与不诚。

（二）情气发动

在朱子的理论中，性属于理，情属于气，性情是从主体角度上说，而理气是从客观角度上说。唐文治谈文章，有时从气的客观角度上说，有时从情的主体角度上说。

唐文治论作文之气，其曰：

> 孔子云："人之生也直。"孟子云："浩然之气，至大至刚。以直养而无害，则塞于天地之间。"顾亭林先生云："凡作文之气，须与天地清明之气相接。"是三说有不相谋而相感者，何也？盖自来正大之士，必有清明正直之气。宋文文山先生所谓"天地有正气，杂然赋流形""于人曰浩然，沛乎塞苍冥"是也。下愚之士，困于己私，邪曲之念蟠结于中，平旦之气梏亡已久。

[①] 唐文治：《国文大义》，载王水照编《历代文话》第九册，复旦大学出版社，2007，第8195页。

如是而作文之时，求其清明正直之概，庸可得乎？①

作文之气，表现在文章作者自身的气象上。唐文治列举了孔子、孟子、顾亭林、文文山（文天祥），他们皆有圣人气象、高尚人格。正气就是由性理主宰的气，心灵无有邪曲之念，正气充塞天地之间无不中节。作文之气，就由做人之气而来。

唐文治论作文之情，其曰：

> 情根于天，有时因地而异。天有六气，阴、阳、风、雨、晦、明。此六者，皆足以动人之感情，故古人以六情配六气。六情者，喜、怒、哀、乐、好、恶是也。人含六情或有所偏至，而遂成为风气。风气者，皆人情之所为也。昔季札观乐，能知民风。鄙人谓观文亦足以知民风。何者？以文皆人情之所为也……惟情各不同，故文亦迥异也。②

唐文治用客观性的气来论主体性的情。天地万物之气与文家人心之情具有内在的一致性和感通性。风气能够影响人情③，人情可以变化风气，故唐文治言"天下惟有真性情者乃能为大文章"④。

人具有天生的特长，其表现在作文上就是作文之才。对于天生之才，需要努力培养，让其本有的特长得以充分地发挥。唐文治言：

> 才有极难以体状者，惟刘彦和《文心雕龙》云："神思方运，万途竞萌，规矩定位，刻镂无形。观山则情满于山，观海则意溢于海。我才之多少，与风云而并驱矣。"斯言刻画最当。⑤

作文者的主体情才与客观事物的气韵变化能真切地感通。使审美主体融入审美

---

① 唐文治：《国文大义》，载王水照编《历代文话》第九册，复旦大学出版社，2007，第8196—8197页。
② 唐文治：《国文大义》，载王水照编《历代文话》第九册，复旦大学出版社，2007，第8199页。
③ 此处风气对人情只能说影响，真正决定人情的是人心自身的诚与不诚。
④ 唐文治：《国文大义》，载王水照编《历代文话》第九册，复旦大学出版社，2007，第8198页。
⑤ 唐文治：《国文大义》，载王水照编《历代文话》第九册，复旦大学出版社，2007，第8200页。

对象中去，合为一体而无有间隙。这种融合，也是发而皆中节的表现，但更增添了和谐之美，具有乐教的意义。

（三）化律成辞

人之情气在与天地万物的互动中，以其性理为基础而发动。这样普遍的诚心状态就转化为针对某些特定对象的诚心状态，发出与特定对象有关的情感意象，此情感意象通过声音表达出来，通过文字记载下来。唐文治言：

> 化工不言，四时行，百物生，默示其阴阳、晦明、风雨之六气。上古乐官伶伦通其微，截为六律十二管，吹葭验气，节宣阴阳。后人又析之为四，是为二十四气之始。因人之气，配天之气，而阴阳、刚柔、善恶判焉。刚者为清、为直、为断、为严毅、为干固，气之善者也；为猛、为隘、为骄、为傲、为强梁，气之恶者也。柔者为慈、为和、为顺、为巽，气之善者也；为伪、为懦、为弱、为庸暗、为畏葸、为邪佞，气之恶者也。夫反诸己者，亦济其阴阳、刚柔之偏而已矣。出辞气而无倍也，持志气而无暴也。①

气分阴阳刚柔，而情承继此气，也有阴阳刚柔之分。刚者因诚与不诚，可以为善为恶；柔者因诚与不诚，也可以为善为恶。情气之变化，既能成就六律十二管的声音，又能成就吟文作文的辞气。

当文章源头的性情落实到文辞后，在本体展开的维度上对于文辞本身的讲解就显得较少。但这并不意味着唐文治缺少对于文辞的讲解，只是在分析往圣前贤的文章的文辞法则时，与其将其放置在本体展开的维度讨论，不若将其放置在工夫实践的维度讨论。分析前人作品，目的是帮助后人学习。比如，《国文经纬贯通大义》书跋中所言"余编读文四十四法，名曰《国文经纬贯通大义》"②，可知唐文治将此书所撰四十四法以"读文法"命之。实则读文四十四法，既是往圣前贤的作文法，也是后来学习者诵读、学习往圣前贤作品的读文法。但唐文治以"读文法"称之，显得其更注重学习者的实操效用。

---

① 唐文治：《释气》，载邓国光辑释《唐文治文集》第二册，上海古籍出版社，2018，第638—639页。
② 唐文治：《国文经纬贯通大义》，载王水照编《历代文话》第九册，复旦大学出版社，2007，第8372页。

四、文章理论的工夫实践

唐文治文章理论的工夫实践,则是通过读文来由辞返声,由声返情,由情返性。需要指出的是,这种逆反的过程,不是达到上一级就去除下一级,而是在读文的同时,通过维持初级而不断持续深入高级。比如,最初读文,仅仅是由辞返声,即在读文中获得辞的理解和声的起伏;进一步由辞、声而返情,即在读文中获得辞的理解、声的起伏、情的气韵;再进一步由辞、声、情而返性,即在读文中获得辞的理解、声的起伏、情的气韵及性理寂感之神妙无穷。故在工夫实践的过程中,读文是永远持续的。由此唐文治总结出三十遍读文法,并由之分析出相应的四十四种具体的读文手法。

（一）三十遍读文法

在谈三十遍读文法之前,我们需要厘清"读"的意义。唐文治所言的"读",不是当下受到西洋话剧腔影响具有轻重音的朗读,而是中国古代传统的具有声腔旋律的吟诵。1924年,唐文治与邹登泰撰写的《读文法》一书印行出版,该书讲授吟诵阴阳四象与声腔起伏之法,而以"读文"命名,故知"读"实为吟诵之同义语。[①] 唐文治的读文理论,由天地之气的阴阳刚柔联系到人之性情的阴阳刚柔,由人之性情的阴阳刚柔联系到人之作文的阴阳刚柔,由人之作文的阴阳刚柔再联系到读文之法的阴阳刚柔。故而,《读文法》中的文章皆标出四象,以示读法之不同。在《读文法》中,唐文治继承了曾国藩《古文四象》的理论,其言：

> 曾文正所选《古文四象》,分太阳气势、太阴识度、少阳趣味、少阴情韵四种。余因之分读法,有急读、缓读、极急读、极缓读、平读五种。大抵气势文急读、极急读,而其音高;识度文缓读、极缓读,而其音低;趣味情韵文平读,而其音平。然情韵文亦有愈唱愈高者,未可拘泥。而究其奥旨,要在养本心正直之气。顾亭林先生谓文章之气,须与天地清明之气相接,故其要又在修养人格。人格日高,文格亦日进。唯天下第一等人,乃能为天下第一等文。皆于读文时表显出来。故读文音节,实与社会与国家有极大关系。[②]

---

① 参看唐文治、邹登泰：《读文法：教科适用》,天一书局,1924。
② 唐文治：《唐蔚芝先生读文灌音片说明书》,载赵敏俐主编《吟诵研究资料汇编（现代卷）》,中华书局,2018,第15页。

在这段论述中，唐文治一方面将天地之气与文章作者之气、文章吟者之气联系在一起，并将其归根于人格涵养，此为读文理论心性论的形上基础；另一方面也继承了因声求气说，发展出了急读、缓读、极急读、极缓读、平读五种读法，分别与阴阳四象对应起来。在《读文法》具体的文章字句上，作者还密密麻麻做出很多圈点。圈点作为传统的文章标点，除了具有断句功能之外，还具有文义分析功能与吟诵提示功能。唐文治认为：

> 圈点之学，始于谢叠山，盛于归震川、钟伯敬、孙月峰，而大昌于方望溪、曾文正。圈点者，精神之所寄，学者阅之如亲聆教者之告语也。惟昔人圈点所注意者，多在说理、练气、叙事三端，方、曾两家，乃渐重章法句法。①
>
> 兹授诸生读文之法，不过四字，曰：轻重缓急。重者，高吟是也；轻者，低诵是也。因轻重之法，即可徐悟当缓当急之法。明乎轻重缓急之故，则如八音齐奏，抑扬长短，无不各尽其妙。……兹特规定标记：重读者用密、、轻读者用连-，急读者用密○，缓读者用连△，每篇命意所在用□。此外，可随意读者，则概用单○（评语圈点别有体例），不敢过繁者，惧学者之易于眩惑也。②

这些具有吟诵提示、文义鉴赏功能的文章圈点，大量呈现于唐文治撰写的《读文法》《国文阴阳刚柔大义》《国文经纬贯通大义》等书中，能够有效地帮助读者去吟诵与理解文章。

由上文可知，"读"就是吟诵，通过旋律声腔表达文章的性情，涵养自我的品格。③ 在正确理解"读"的基础上，可以进一步讨论三十遍读文法。唐先生言：

> 学者读文，务以精熟背诵，不差一字为主。其要法，每读一文，先以三十遍为度。前十遍求其线索之所在，划分段落，最为重要。次十遍求其命意之所在，有虚意，有实意，有旁意，有正意，有言中之意，有言外之意。再十遍考其声音，以求其神气，细玩其长短疾徐、抑扬顿挫之致。三十遍后，自不知手

---

① 唐文治：《国文经纬贯通大义》，载王水照编《历代文话》第九册，复旦大学出版社，2007，第8244页。
② 唐文治、邹登泰：《读文法：教科适用》，天一书局，1924，第1页。
③ 关于唐文治的诗文吟诵理论，可以参看朱光磊：《唐调诗文吟诵二十讲》，商务印书馆，2019。

之舞之，足之蹈之，虽读百遍而无厌矣。①

三十遍读文法所言"三十遍"，以十遍为界限，划分为三个十遍。第一个十遍，主要是寻找文章线索，划分文章段落，此可视为从文章的形上着眼，主要为由辞返声；第二个十遍，主要是探求文章各类命意，此可视为从文章的意上着眼，主要为由辞、声返情；第三个十遍，主要是体会文章神气变化，此可视为从文章的神上着眼，主要为由辞、声、情返性。此三个十遍，由形到意，由意到神，层层递进，由可见可闻的状态逐渐深化到感通神悟的状态，为因声求气理论的直接印证。

（二）读文四十四法

唐文治《国文经纬贯通大义》一书共分八卷，罗列了读文四十四法，并配以范文和说明。范文共选237篇，以时间为序，先列先秦之文，并以儒家六经之文为重，次列司马迁《史记》之文，再列唐宋以来散文家之文。唐文治尝言："读宋以下文，不如读汉唐文，更不如读经。"② 故其范文如此排序，除了考虑时间顺序之外，更有尊经的深意在焉。

此外，唐文治多次列自己所作之文于诸家文末。比如：在"奇峰突起法"后置《〈论语·微子篇〉大义》，在"段落变化法"后置《〈英轺日记〉序》，在"一唱三叹法"后置《〈论语·雍也篇〉大义》，在"说经铿铿法"后置《〈孟子大义〉序》，在"逸趣横生法"后置《〈孟子·滕文公篇〉大义》，在"光怪离奇法"后置《说龙》，在"倒卷珠帘法"后置《大孝终身慕父母义》，在"心境两闲法"后置《游日光山记》，在"层波叠浪法"后置《〈论语·子张篇〉大义》，在"洸洋诙诡法"后置《释气》，在"炼气归神法"后置《〈论语·乡党篇〉大义》。唐文治在诸家文末置自家所作之文，大抵有两个意义。其一，《国文经纬贯通大义》一书乃唐文治教授学生作文之书，颇具实操价值，所列读文四十四法，虽然难易有别，但皆可落于实处，故唐先生以自身作文为例，以示诸生如此作文亦非极其困难之事，今人亦可有此作法。其二，唐先生以儒者自命，上承孔孟，兼采汉宋，晚绍桐城诸贤，并发扬因声求气说，欲以天地清明之气相接，故其以自身之作置先圣文章之后，乃有承续文脉、担当道统之意。

---

① 唐文治：《国文经纬贯通大义》，载王水照编《历代文话》第九册，复旦大学出版社，2007，第8243页。

② 唐文治：《文学讲义》，载王水照编《历代文话》第九册，复旦大学出版社，2007，第8381页。

唐文治的八卷四十四法，虽未明说，但亦可以按照三十遍读文法的形、意、神三类进行划分。大致上看，卷一到卷四，多注重文章之形的研究；卷五到卷六，多注重文章之意的研究；卷七到卷八，多注重文章之神的研究。关于文章之形有二十法，乃于读文中确立文辞之形体；关于文章之意有十二法，乃于读文中确立情气之命意；关于文章之神有十二法，乃于读文中确立性体之寂感神韵。对应关系如表2所示：

表2 读文四十四法分类表

十遍秩序	研究对象	方法名称
第一个十遍	文章之形	局度整齐法；辘轳旋转法；格律谨严法；鹰隼盘空法；奇峰突起法。两扇开阖法；段落变化法；一唱三叹法；逐层驳难法；空中楼阁法。匣剑帷灯法；万马奔腾法；凄入心肺法；说经铿铿法；逸趣横生法。短兵相接法；光怪离奇法；倒卷珠帘法；布局神化法；响遏行云法。
第二个十遍	文章之意	摹绘炎凉法；摹绘英鸷法；摹绘激昂法；摹绘旖旎法；刻画物理法；钟鼓铿锵法。俯仰进退法；皎洁无尘法；心境两闲法；画龙点睛法；风云变态法；典缀华藻法。
第三个十遍	文章之神	层波叠浪法；典重矞皇法；追魂摄魄法；洸洋诙诡法；高瞻远瞩法；翕纯皦绎法。叙事精炼法；硬语聱牙法；选韵精纯法；议论错综法；炼气归神法；神光离合法。

唐文治研究文章之形，常言以某某为总冒，以某某为封锁，以某某擒题，又以某某虚字做线索。总冒是具有纲领性的开头，封锁是具有总结性的结尾，擒题是文章中间的点题，而诸多虚字则把文章作者起承转合、顿挫提宕之意勾勒出来，畅通了文气。

讲授文章之形的读文法共二十种：局度整齐法注重布局结构齐整；辘轳旋转法注重布局文意递进；格律谨严法注重布局正反呼应；鹰隼盘空法注重布局论辩举例；奇峰突起法注重布局插入情节；两扇开阖法注重布局并列论述；段落变化法注重布局分段起落；一唱三叹法注重布局反复抑扬；逐层驳难法注重议论辩驳条理；空中楼阁法注重布局凌空隐约；匣剑帷灯法注重布局叙事隐笔；万马奔腾法注重布局多事递进；凄入心肺法注重文意哀叹心意；说经铿铿法注重布局简炼精当；逸趣横生法注重随文小品插入；短兵相接法注重言辞倔强有致；光怪离奇法注重叙事奇特臆想；倒卷珠帘法注重叙事倒叙说理；布局神化法注重叙事虚实灵活；响遏行云法注重声情高远激越。

讲授文章之意的读文法共十二种：摹绘炎凉法注重感慨世态人情；摹绘英鸷法

注重描摹英雄智勇；摹绘激昂法注重发扬任侠好义；摹绘旖旎法注重阐发言情缠绵；刻画物理法注重凸显小中见大；钟鼓铿锵法注重用词音调铿锵；俯仰进退法注重行文从容不迫；皎洁无尘法注重记游清雅脱俗；心境两闲法注重心灵闲适高洁；画龙点睛法注重言事点睛之笔；风云变态法注重文势盛大变化；典缀华藻法注重义理质干古雅。

讲授文章之神的读文法共十二种：层波叠浪法注重序记自然淡远；典重裔皇法注重气象峥嵘庄严；追魂摄魄法注重文气倏忽变幻；洸洋诙诡法注重文气纵横磅礴；高瞻远瞩法注重培养浩然之气；翕纯皦绎法注重炼气任运自然；叙事精炼法注重叙事一贯精纯；硬语聱牙法注重用语发乎性情；选韵精纯法注重铭颂韵声清亮；议论错综法注重文气以简驭繁；炼气归神法注重文气先敛后化；神光离合法注重文气变化无方。

以上四十四法可以视为在三十遍读文法的基础上，归纳出来的理论性总结。因而，此四十四法既是鉴赏古人文章的四十四法，同时也是今人创作文章的四十四法。这些总结，既是对范文中作文手法的提炼归纳，又是对范文的超越，成为学生作文的普遍性理论。这些普遍性理论，具有很强的实操性，唐文治将自己的若干文章作为范文殿后，就是要告诉学习者这些来自历代经典的写作手法今人完全可以吸收融通并用于当下的文章写作中。

五、文章理论的境界功效

唐文治文章理论的功效最终旨向正人心、救民命。正人心是注重精神上的道德纯正，救民命则是道德纯正的外化落实。

正人心并非空谈，须从境界论中转出乃得以真正的确立。我们知道，唐文治的文章理论，既是读文理论，又是作文理论。学习者在读古人文章的同时，自我的精神受到古人精神的感召，故自我的人格得以升华提高，同时也促进自我的文章水平得以提升。故学习者一方面体悟往圣前贤的精神，一方面涵养奋发自我的性情，读文作文就不仅仅是平面化的操作，而是具有人文化成之义，乃是造就君子人格的必备环节。

涵养心性的结果，如果放在作文上，就是撰写道德文章，作文就是养气的过程。唐文治言：

> 养气之功尚矣，诸生不能骤几也，则下而求之于炼气。炼气之法尚矣，诸

生不能骤几也,则下而求之于运气。先儒论运气之法,当一笔数十行下,亦诸生不能骤几也,则下而求之于一笔十数行下,或一笔数行下。然作文之时,所以能运气者,要在读文之时先能运气。运与炼者,乃繁与简之别,纵与敛之别,粗与精之别。①

养气的过程,可以分为养气、炼气、运气三个阶段,皆有气化之流动。养气是养浩然之气,其中有性理存焉,故为最尚的法门,一般难以快速学会。炼气是次一等的法门,其中有气韵命意存焉,故为次尚的法门,一般也难以快速学会。于是,退而再求其次,学习运气之法。运气有高难度的一笔数十行,有低难度的一笔十数行,这是后来者可以学习到的。其实,一笔数十行和一笔十数行,主要是指作者写文章时,是已经胸有成竹、文思泉涌,还是仍旧摸索文句、难以下笔。而这种状态,与文章作者的心灵状态是否达到充分地发而皆中节有关。故学习者在逐步深入后,由运气变为炼气,由炼气变为养气。同时,文章的品格也会相应地调适上遂,以期达到与古人合一的境界。唐文治论此境界曰:

> 我之精神与古人之精神,䜣合而无间。乃借古人之精神,发挥我之精神,举并世之孝子忠臣,义夫烈妇,一切可惊可骇、可喜可悲之事,宇宙间形形色色,怪怪奇奇,壹见之于文章。于是我之精神,更有以歆动后人之精神,不相谋而适相感,奋乎百世之上,百世之下闻者莫不兴起也。②

当自我精神与古人精神相会通之时,也是与天地精神相会通之时。天地精神就是人人本具的赤诚之心。这个天人合一的境界,乃是真正贞定自我心性的关键所在。这种呈现是内在自然感化,故其铸就的人格具有永恒性。

涵养心性的结果,更为重要的旨向并不是仅仅限于撰写文章,而是体现在开物成务、经世致用上,从而达到救民命的功效。救民命就是在心性达到会通的基础上,再去体会天下事理之曲折,由之而在道德心灵的发动下去成就他人他物。体会天下事理之曲折,也可以从读文、作文中获得。唐文治言:

---

① 唐文治:《国文大义》,载王水照编《历代文话》第九册,复旦大学出版社,2007,第8197页。
② 唐文治:《国文经纬贯通大义》,载王水照编《历代文话》第九册,复旦大学出版社,2007,第8240页。

文章之妙，要在感动人情，"合同而化"。读"一唱三叹""凄入心肺""响遏行云"诸法，而可得其浅。读"翕纯皦绎""议论错综""炼气归神"诸法，而可得其深。然斯诣也，必本于修德凝道、穷理尽性之功。人格愈高，善气愈深，浩然之气愈盛，而文章之程度乃愈进。①

需要指出的是，唐文治的学问以朱子为宗，故"修德凝道、穷理尽性"一句须从朱子学角度理解。所谓"修德凝道"者，乃是以勤修德行来守取天道；所谓"穷理尽性"者，乃是以格物致知来穷尽性理。② 故修德穷理，需要在世事上磨砺。世事愈多、磨砺愈久，就愈能凝道尽性。这种磨砺多而持久，就能提高人格，加大善气，扩充浩然之气。此番道理体现在文章上，文章必然记物记事，以及记作者在此事物中的处理与感慨，故读前人之文，正是间接吸取前人世事磨砺之经验教训，增长自我的理解与见识。这种理解与见识，就不仅仅是空谈心性，而是可以救民命的真正手段。唐文治言：

通人情，达物理，正人心而已矣。学者之心理，不宜迂拘，不宜固塞。此今人之所知也。宜开拓心胸，务求高远，瘏痟周孔，蔚成至高尚之人格。此则今人之所不知，而学者之所当知也。世道陵夷，人道将不胜其苦，非豪杰之士，孰与救之？然非提倡文化，陶淑人心，又安得豪杰之士乎哉？③

由此可见，唐文治希望读文、作文所成就的人才，是诚于中而形于外的君子，是真正可以贯彻儒家经世思想的豪杰之士。

综观唐文治的文章理论，可以将之视为践行儒家工夫论的一条独特的门径。朱子讲格物致知，半日读书半日静坐，如何通过读书来悟道，则没有具体的操作办法。而唐文治的文章理论，则是通过读文这一门径，让学习者由文辞进至声音，由声音进至情气，由情气进至性理之大道。虽则悟道并非只有读文此唯一门径，但读文却是悟道最为平易光大、切实可行的门径。一旦体悟到性理之大道，则以此发

---

① 唐文治：《国文经纬贯通大义》，载王水照编《历代文话》第九册，复旦大学出版社，2007，第8376页。
② 朱子的相关理论，可以参看朱光磊：《朱子之理的"活动"问题——兼论朱子格物说》，《哲学动态》2019年第1期。
③ 唐文治：《国文经纬贯通大义》，载王水照编《历代文话》第九册，复旦大学出版社，2007，第8374页。

用，从小处看，可以由性理发动为情气，由情气体现为声音，由声音变现为文辞，而写成道德文章；从大处看，可以由性理发动为情气，由情气落实于生活实践，从而开物成务、经世济民。

附录二

古诗文吟诵教学法纲要[①]

吟诵是中华传统读书法。《尚书·舜典》所云"诗言志，歌永言，声依永，律和声"，可谓是吟诵最为古老的记载。吟诵伴随诗歌与文章而存在，在古人诗文学习的过程中发挥着重要的教育作用。由先秦而至晚清，吟诵这一传统的读书方式一直有着持续而稳定的传承。

然而，随着科举制的废除及白话文的推广，源自文明戏的朗诵逐渐取代了传统诗文的吟诵。不但白话文采用了朗诵的形式，而且连传统诗歌、文言文也采用了朗诵的形式，而延续千年的中华吟诵则面临失传的危机。

自 2000 年之后，国学热逐渐兴起，传统文化开始受到官方与民间的重视，越来越多的优秀古诗文作品进入大众视野。大家在读诗诵文的过程中，重新发现了古老的吟诵传统，而吟诵也由此有了复兴的契机。吟诵传统的再发现，有两个方面的因素。一个方面的因素是全国各地会吟诵的老先生们还在孜孜以求进行星火传承，并不断有少量的吟诵书籍、音频问世。另一个方面的因素是以徐健顺为代表的学术团队，对中华吟诵进行采录、整理、研究与推广。前者是吟诵的基础保障，后者则是吟诵由幕后走向前台的推动力量。两方面因素的结合，促使吟诵在新时代获得了新的生命力。从高校到民间，吟诵课程越来越受到大家的欢迎；语文老师、音乐老师及很多国学爱好者都投入吟诵传承的队伍中；从国家级到地方级的吟诵学会也如雨后春笋般纷纷成立；很多传统吟诵也被列入当地的非物质文化遗产名录。

在吟诵得以复兴的同时，吟诵本身的理论与实践的问题也显现了出来。有些人

[①] 该文发表于《江苏师范大学学报（哲学社会科学版）》2024 年第 2 期，收入本《教程》后略有修改。

只看表面，认为吟诵就是自由地吟唱；有些人囿于传统，强调吟诵只能亦步亦趋地学老先生的录音，来不得半点改动；有些人善于趋新，喜欢演绎作曲家根据古诗词新谱的具有古风旋律的歌曲。固然上述现象产生于对吟诵的片面认识，但如何正确地理解吟诵，如何系统地定位吟诵的理论与实践，在吟诵界本来就缺乏足够的论述。于是，继承传统的精神内涵，结合现代的理性分析，系统而分层地讲解吟诵的理论体系与实践路径就显得颇为重要。

在先秦至晚清的吟诵传承中，对吟诵理论与实践做出贡献的学者士人颇多，而其中最具有代表性的，要数唐文治先生。正如赵敏俐所言："特别是近代以来受过传统文化教育的最后一批学者，他们生当文化大变革的时代，在新旧文化的对比之中，最为真切地感受到传统吟诵的独特魅力，开始了吟诵的理论研究与现代传承，这其中，尤以唐文治为杰出代表。他有深厚的文化功底，上承桐城一派，不仅身体力行地从事吟诵的教学与传承工作——灌唱片、教学生，而且还从事有关吟诵的理论研究，留下见解深刻的吟诵论著。"① 唐文治的吟诵，世称"唐调"，远绍孔子"修辞立其诚"之说、孟子"养气"说，近承桐城派、湘乡派"因声求气"之法，结合汉宋儒学，融汇江南吟调，独成一家之言。其吟诵所涉及的知识，兼具性理学、文章学、文选学、乐律学等，散见于唐文治多部作品之中，尚未形成一套严谨而完整的理论文本。

基于唐调吟诵虽有丰富内涵，但缺乏系统整理的特征，则确有必要以唐调吟诵为基础，对传统吟诵的理论与实践进行创造性转化与创新性发展，构建出一套兼备传统精华和时代特征的吟诵教学法。以下就以唐调吟诵为核心，分别从吟诵的生成原则、构形法则、鉴赏路径、教学宗旨四个方面展开对古诗文吟诵教学法的构建。此吟诵教学法内容繁复，非一文所能尽，故本文提要钩玄，权以"古诗文吟诵教学法纲要"命名之。

一、生成原则

生成原则阐述的是吟诵的生发过程。此过程可以简单地归纳为"性—情—声—辞"四个前后相续的部分。

性是德性，是吟诵的主宰标准；情是情感，是吟诵的生发动力；声是声音，是吟诵的表现载体；辞是文辞，是吟诵的对象文本。

---

① 赵敏俐：《吟诵研究资料汇编（现代卷）》，中华书局，2018，序第4页。

(一)"情"之生发

生成原则的四个部分,是一个有机的整体。我们以"情"作为突破口,来阐述这套理论。

其一,触景生情。

唐文治在讨论"情"字的文字学意涵时,有一段颇有意味的论述,可以借资作为理论参考。

> 盖青为东方之色,实生机所由畅。春夏之交,林木向荣,人游其下,见青青之色,悱恻缠绵之意油然自生,是则青有以感其外而情因以动于中也。①

"青"所代表的外在的颇具生机之场景,引发了人心之中内在的情意,而内心之中的情意,亦会不由己地表现出来。由于场景之境不具备决定性作用,仅仅属于吟诵生成的外在条件,故不被列入生成原则之中。

其二,即情发声。

有了情,就要将情表达出来。表达的方式可以多样,而最为直截的就是发出声音。比如登山而攀顶,面对脚下群山绵延起伏的雄姿,如杜甫这样伟大的诗人,则会吟出"会当凌绝顶,一览众山小"的诗句,而一般的贩夫走卒也会大喊几声"啊"。无论是诗句还是"啊"声,都是心中的情的表达。

其三,由声成辞。

上述所讲的吟诗的声音,或者"啊"的声音,都是稍纵即逝的。于是人们可以进一步将之书写成文字,记录下来。同理,很多优秀的诗歌文章,都是在这样的情形中被创作、被保存,而得以永久地传诸后世的。

(二)"性"之主宰

在儒家传统中,人的情感背后,还有一个更为根本的主宰——人的超越的德性。在德性的主宰下,不同的人面对同一个场景时,由于个体自身经历的差异会生起不同的情感。这种情感的差异性是被允许的。但在丧失德性主宰的情况下,因场景而生发的情感则会流为人欲,这种基于人欲的情感,则是不被允许的。因此,在

---

① 唐文治:《论古人造字多根于性理》,载《唐文治性理学论著集》第三册,上海古籍出版社,2020,第1305页。

情感的背后，单独再提出一个德性，就显得十分重要。

在"性—情—声—辞"这四个部分中，"情—声—辞"显而易见、容易理解。唯独"性"似乎难以触摸。然而，"性"其实在吟诵中起到了最为关键的作用，所以这个主宰标准的地位必须坚持、不可动摇。如果我们仅仅谈"情—声—辞"而不谈"性"的话，那么任何"情"都应该被允许，于是情感与情欲就具有等同的地位，韶乐与郑声就无高下之分。那么哪些篇章该读，哪些篇章不该读，也分不出档次了。最后，吟诵所指向的修身养性等目的更无处可谈了。因此，"性"必须安放在"情—声—辞"之前，作为根本的源头来进行保证。

二、构形法则

如果说"性—情—声—辞"是作者路径，那么反过来，"辞—声—情—性"就是读者路径。读者鉴赏诗文作品的过程，就是从文字返求声音、从声音返求情感、从情感返求德性的过程。

吟诵既有可以直观感受的音乐形态，也有需要深层感通的意象精神，这就如同人有肉体与灵魂一般。构形法则是吟诵外在的声腔保障，鉴赏路径是吟诵内在的心灵提升。构形法则阐述的是吟诵的形态结构。对于吟诵而言，构成其外在有形部分的，就是其声腔结构。

对于第一次接触传统吟诵的大众而言，他们对于吟诵的直观感受，就是唱诗、唱文，而且普遍觉得所唱的音乐旋律十分单调。如果他们不轻易放弃，耐着性子接触下去，并尝试不断吟诵这些调子，则逐渐会在这些古朴的吟调中获得美感。这些音乐性的表现虽然只是吟诵的冰山一角，却已是吟诵最为直观的部分。而即使是冰山一角，要将之条分缕析讲解清楚，也十分不易。为了解说方便，我们可以把这些直观的音乐部分称为构形法则，而组成吟诵构形法则的主要有三个要素：其一为吟调程式；其二为依字行腔；其三为依情行腔。

（一）吟调程式

程式是一种长期积累形成的，具有规划性、可塑性的表现手法。程式在中国很多艺术种类中都存在，比如戏曲、曲艺、国画等。好的艺术家，既要掌握既有程式，又要利用程式进行新的创造。

对于吟诵而言，基本调就是程式。吟诵是传统文人的读书方式。面对一首诗文作品，文人要将其有节奏、有旋律地表达出来，但这种节奏不会太怪异，这种旋律也不会太复杂。因为，文人不是音乐家，不一定都会作曲；即使有现成的曲调，文人也不一定能将其花腔甩尾学得很精细。在长期的实践中会形成一些吟诵诗文的基本调。这些基本调，或者是按照地区划分，或者是按照家族划分。按照地区划分的，则以地名命名其基本调；按照家族划分的，则以家族之姓氏命名其基本调。这类基本调的差异，大多由方言特征、地方小曲等因素而产生。而在面对不同文体的吟诵时，则又会产生不同文体的基本调，如唐调吟诵中，吟诵《诗经》有一个基本调，吟诵楚辞也有一个基本调，吟诵古体诗又有一个基本调。这类基本调的差异，大约与不同文体的字数、结构、格律等因素有关。

我们现在学习吟诵，可以选择学习与自己方言相近的吟诵基本调，并掌握此方言下不同文体的基本调，或者选择直接学习已经由方言改良为普通话的吟诵基本调。这样就起码学会了一类诗文吟诵的程式。在学习不同文体的吟诵基本调时，宜以近体诗（五言、七言）的吟诵基本调入手。因为其格律比较严谨，变化不多，吟调的特征容易把握。学会了近体诗的吟诵基本调之后，再转向古体诗的吟诵基本调，继而再学习古文的吟诵基本调。当然，为了获得吟诵的多样性，学习不同地区、不同家族的吟诵基本调，掌握多套吟诵调，也是可以的。但学习吟诵不宜追求所会调子数量，不然就是舍本逐末，为了工具忘了目的。

有些吟诵爱好者喜欢自己创调，但自创的吟调，能否成为程式，需要历史的检验。因为程式是长期积累形成的，故传统吟调可以成为非物质文化遗产。若创调者自身从事传统文化事业，具备很好的社会名望，又能够长期坚持，有很多后学者跟随他也学此吟调，或者仅限于家族内部，家族后人多学此吟调，则此吟调在未来有可能成为新的程式。如果不能长期坚持，一首诗文作品创造一个吟调，频频换新调，博个新鲜，那就根本没有成为程式的可能。这个新创的调子也很快会淹没在历史长河之中。由此看来，如果不满意传统吟调，与其自己创造吟调，还不如对传统的吟调程式作出改进。

吟诵的教学，需要让学习者熟练掌握作为程式的吟诵基本调，不宜提倡学习者自己创调。吟诵基本调的掌握，具体表现在套调上，即同一体裁的不同诗文，皆可以用同一个吟调去套吟。尤其在同一体裁的不同诗文字数有多有少、参差不齐的情况下，吟诵者仍旧可以进行套吟。

（二）依字行腔

诗文作品是由一个个文字构成的。每个文字都有其声母、韵母、声调。声母、韵母、声调又有生活中使用的普通话与方言，以及舞台上使用的中州韵的差异。其中，方言又有文读与白读的差异。为了阐释的简便，我们不考虑方言中的文读、白读，以及中州韵等问题，而直接以普通话为例进行说明。

普通话的声母、韵母与旋律无关，故暂时可以不论。普通话的声调有四声，第一声平行拖长，在末尾处可以自然下垂。第二声由低往高，在末尾处亦可以自然下垂。第三声由中降低再返高，此中间之低音为最低者。第四声由高降低，此高音为最高者。此外，还要再补充一个入声。虽然普通话里没有入声，但由于传统诗文多使用平水韵，入声作为仄声有其格律上的作用，故在普通话吟诵时，仍旧要适当考虑入声。即在碰到古读为入声的字时，以短促的塞音结尾，显示出入声出口即断的特征。这样一来，普通话吟诵，就有四声加上入声共五种声调。单字有如此声调，而多字组成词组，则声调偶有连读变调。所谓依字行腔，就是吟唱的旋律走向与字声的声调走向不能矛盾。因为一旦矛盾，就容易误听成其他字。这种旋律走向与声调走向矛盾的现象，叫作"倒字"。"倒字"是僵化的程式阻碍了字声传达的现象。避免倒字，是曲艺、戏曲、山歌、吟诵都需要守住的底线。

如果节奏缓慢，就用多个音符来描述一个字的声调；如果节奏紧密，则用一个音符来描述一个字的声调。在一字一音的描述中，基本上抓住这个字在词组中和其他字音的高低关系即可，不需要全面完整地描述。在实际的吟唱中，一字一音和一字多音的情况会交错进行，比如在偶数字处或结尾处会缓慢，在他处会紧密，这样宽紧相宜，更为动听。

上述是纯粹就依字行腔而论。在传统吟诵中，依字行腔则要套在吟调程式中使用，即在基本调上进行依字行腔。这样，即使是格律严谨的不同的七言绝句，由于平声里阴阳的不同，或者仄声里上去入的不同，套上同样的吟调程式，仍旧会产生很多细微的变化。吟诵学习者需要学会在基本调上进行微调的方法，主要有加前倚音和主干音五度调换的方法。这样一来，吟诵便既保持了原来的吟调程式，又不会产生倒字的失误。

（三）依情行腔

诗文作品的文字所表达的情感各有不同。即使同样是七言律诗，也可以有迥然不同的情感抒发。比如杜甫的《闻官军收河南河北》和《登高》，虽然都是七言律诗，但表达的情感却是一喜一哀。如果我们自由演绎这两首诗，肯定要有很大的差别。但是，如果用吟调程式套吟，假设不考虑字声的微调，那么这两首诗的吟诵可以套得毫无差别。这样的套调就与作品的内容完全脱节，僵化的程式反而阻碍了情感的表达。

面对这种情况，我们就要考虑对原来程式进行微调。喜悦的心情，则调门较高，节奏较快；哀伤的心情，则调门较低，节奏较慢，甚至在某些节奏点上可以用滑音，改变原有的落音，利用半音来烘托悲伤气氛。

综上所述，程式是长久积累的，在人们心目中具有广泛的认可度。它的规范性使其具有"一调百套"的便利，让吟诵学习者易学易会，很快就能上手。同时，它又有强大的可塑性，可以在字声、情感等因素的影响下，进行变化，传达出不同的情绪。

三、鉴赏路径

鉴赏路径是吟诵内在的心灵提升。吟诵实践不能仅仅满足于外在声腔的形似，更要注重对文章线索、命意、神气的把握。吟诵者需要通过吟诵达到与往圣前贤一样的人格高度。

（一）文统谱系

传统儒家认为人同此心，心同此理。故而读者鉴赏路径，虽然是对作者创作路径的逆向重复，但读者自己所获得的并不仅仅是对作者性情的模拟，而是借由作者的诗文开启了自身的性情发动。孟子说："舜之居深山之中，与木石居，与鹿豕游，其所以异于深山之野人者几希。及其闻一善言，见一善行，若决江河，沛然莫之能御也。"（《孟子·尽心上》）他人的善言、善行虽然是舜外在模仿对象，但有助于舜内在德性的发动。待到舜内在德性发动，舜的善言、善行，便既是内在德性的外化表达，同时也是对他人善言、善行的继承发扬。这时候，舜已经处于人我的道德共性上，故无法再区分人我了。

正是由于有此精神发展的阶段，故而最初模仿对象的选择就显得颇为重要。对于孟子而言，善言、善行是区别于木石、鹿豕的模仿对象。如果选择木石、鹿豕作为模仿对象，则很难达到"沛然莫之能御"的境界。同样，对于吟诵而言，吟诵文本的选择也很重要，应选择有"善言、善行"的文本，而不应选择类似"木石、鹿豕"的文本。就像孟子所说："子服尧之服，诵尧之言，行尧之行，是尧而已矣；子服桀之服，诵桀之言，行桀之行，是桀而已矣。"（《孟子·告子下》）读君子之文，就会对初学吟诵者产生正面影响；而读小人之文，就会对初学吟诵者产生负面影响。因此，吟诵所选的文本都要是历代圣贤所写的作品，表现出人类普遍的道德情感。吟诵者在吟诵这些作品的时候，会受到道德情感的正向激励。

唐文治编写的《国文阴阳刚柔大义》一书，其上编收录《周易》《尚书》《诗经》《礼记》《论语》《孟子》，中编收录《战国策》《庄子》，下编收录贾谊、董仲舒、司马相如、贾捐之、司马迁、扬雄、刘向、班固、韩愈、欧阳修的文章。观其体例，上编为儒家经典，中编为子类选本，下编为两汉与唐宋文章。唐文治在序言中说："后之君子得吾言而深思之，由下编以溯中编，而至上编，则自有津梁之可逮。"① 这其实是唐文治为吟诵者的学习做的有意的文本选择。唐文治继承了桐城派的文章学观点，认为后世诗文皆源自儒家六经，六经为一切诗文之宗。司马迁、班固等两汉文及唐宋八大家文，都以秉持六经为正宗。唐宋之后，则明有归有光、清有桐城，皆为一脉相承之余绪。所以读文者可以从后世文而返之六经。唐文治的这类安排，实质上是为诗文的传承建立了谱系。此文统谱系模仿了宋明理学家的道统谱系，从"文以载道"的立场确立了文学正统性。后人对于文学作品的学习，以及诗文吟诵的模拟，皆可以此文统谱系为参考标准。

（二）三十遍法

选择好了吟诵文本，就可以进入吟诵的实操阶段。唐文治提出，吟诵一篇文章，需要以三十遍为标准。

> 学者读文，务以精熟背诵，不差一字为主。其要法，每读一文，先以三十遍为度。前十遍求其线索之所在，划分段落，最为重要。次十遍求其命意之所在，有虚意，有实意，有旁意，有正意，有言中之意，有言外之意。再十遍考其声音，以求其神气，细玩其长短疾徐、抑扬顿挫之致。三十遍后，自不知手之舞之，足之蹈之，虽读百遍而无厌矣。②

第一个十遍，寻求文章线索。第二个十遍，寻求文章命意。第三个十遍，寻求文章神气。文章线索、命意与圈点有密切关系，而文章神气则与阴阳四象有密切关系。

其一，线索、命意与文章圈点。

在唐文治主持刊印的文章选本集中，大都存有圈点。圈点即是传达文章线索与

---

① 唐文治：《国文阴阳刚柔大义·绪言》，载《唐文治文章学论著集》第一册，上海古籍出版社，2020，第334页。
② 唐文治：《国文经纬贯通大义》，载《唐文治文章学论著集》第三册，上海古籍出版社，2020，第944页。

命意的符号。

就《国文阴阳刚柔大义》一书来看，文字旁的符号全部由空心圈与实心点构成。圈点既有句读功能，又有赏鉴功能。从句读功能上看，在文字句读处，则以圈示意。若长段文字皆有赏鉴作用之圈，则在句读处下一字旁省略赏鉴之圈，以此示意上一字旁之圈为句读之用。从赏鉴功能上看，有些文字有圈，有些文字有点，有些文字既没有圈也没有点。唐文治在《高等学堂国文讲义·例言》中言："评点本非古法，自归氏、方氏评点《史记》，治古文家遂有评点之学。曾文正所选《经史百家杂钞》，分段圈点，最为谨严朗析。近吴挚甫先生亦谓：'开示始学。莫过于此。'兹编圈点，不概从古人……全在精神线索之处，读者当分别观之。"① 有圈之文字，乃文章之精神，也就是命意；有点之文字，乃文章之线索；而既无圈又无点之文字，则乃文章过渡部分，非关键要点。所圈之命意，乃文气之发散处；所点之线索，乃文气之收敛处。凡圈处，大抵为铺陈、论辩、感慨之文字；凡点处，大抵为叙事、说明、总结之文字。前者读之，精神鼓舞；后者读之，线索明朗。

如果文章没有现成的圈点，则在吟诵文章第一个十遍时，标注文章之点，勾勒其线索；在吟诵文章第二个十遍时，标注文章之圈，发扬其命意。

在文章圈点上，所圈之文字，为文章精神之所在，其气偏阳；所点之文字，为文章线索之所在，其气偏阴。故所圈之处偏高偏急，所点之处偏低偏缓，无论高低缓急，皆有所注重。而不圈不点之处则在高低缓急之间，吟诵时带过即可，无须刻意注重。

其二，文章神气与阴阳四象。

文章神气无形无相、捉摸不着。唐文治继承了曾国藩《古文四象》的理论，通过文章的阴阳四象来感悟文章的神气。

在曾国藩《古文四象》一书中，虽然书名"四象"，但每一象又可以分阴分阳，实则古文八象。此八象的分法受《周易》阴阳交错变化的启发，八象与八卦可以完全对应起来。依照曾国藩的演绎，天地之气本身就有扩充和收敛之分，于是气可以分为扩充之阳气和收敛之阴气。如此，一气分作两仪，扩充为阳仪，收敛为阴仪。阳仪之扩充继续有变，继而扩充，则为四象之太阳；继而收敛，则为四象之少阴。阴仪之收敛继续有变，继而收敛，则为四象之太阴；继而扩充，则为四象之少阳。如此，两仪分作四象，分别为太阳、少阴、少阳、太阴。太阳扩充，则为乾卦

---

① 唐文治：《高等学堂国文讲义·例言》，载《唐文治文章学论著集》第一册，上海古籍出版社，2020，第13页。

(☰)；太阳收敛，则为兑卦(☱)。少阴扩充，则为离卦(☲)；少阴收敛，则为震卦(☳)。少阳扩充，则为巽卦(☴)；少阳收敛，则为坎卦(☵)。太阴扩充，则为艮卦(☶)；太阴收敛，则为坤卦(☷)。如此，四象分作八卦。当然，若是照此理路，八卦尚可继续分作十六卦、三十二卦、六十四卦，以至于无穷无尽。两仪、四象、八卦、六十四卦是对存在之动态所进行的分类。两仪是简单地分，六十四卦是复杂地分。世上事情虽繁复众多，但皆可归于两仪至六十四卦的范围之中。固然六十四卦之后，仍旧可以再作细分，但就人的感通取象而言，六十四卦所揭示出的六十四种类型及其所反映的内在是常人心灵所能轻松掌控的，而超过这个数目，则其推算过于琐碎，心力耗费颇巨而收效甚微，可谓得不偿失。

对于文章而言，分出六十四卦六十四种类型则过于烦琐，故这套理论使用在文章上，由粗到细文章有阴阳、四象、八卦的三种分类已然足够。从阴阳上分，则将文章分为阳刚文与阴柔文两类。从四象上分，阳刚文分出太阳气势文、少阴情韵文；阴柔文分出少阳趣味文、太阴识度文。于是文章有太阳气势文、少阴情韵文、少阳趣味文、太阴识度文四类。从八卦上分，太阳气势文分出喷薄之势、跌荡之势；少阴情韵文分出沉雄之韵、凄恻之韵；少阳趣味文分出诙诡之味、闲适之味；太阴识度文分出闳括之度、含蓄之度。于是文章有喷薄之势(☰)、跌荡之势(☱)、沉雄之韵(☲)、凄恻之韵(☳)、诙诡之味(☴)、闲适之味(☵)、闳括之度(☶)、含蓄之度(☷)八类。

要想实施上述划分，则既要精通易理，又要熟识文章，划分越细，难度越大。故曾国藩将文章分为八类，唐文治将文章分为四类，唐门弟子则将文章分为两类，而一般人读文章，尚不知有阴阳之分。唐文治的四象分类，可谓在不简不繁之间，恰得其中。具体而言：太阳气势文总体上扩充发散，多为情绪激昂的论辩文、情节曲折的叙事文，如《庄暴见孟子章》。少阴情韵文阳中毗阴，多为沉郁悲壮、凄婉悱恻的抒情文，如《祭十二郎文》。少阳趣味文阴中毗阳，多为诙诡奇谲的寓意文、逸趣旷远的闲适文，如《逍遥游》。太阴识度文总体上收敛凝静，多为思虑严密、用意深远而措辞含蓄的说理文，如《集古录跋尾》。这样的四象分类，直接抓住了文章之神，将作者作文时无形之精魂勾勒了出来，让读者由文章可以进一步感知作者的气韵聚散，体会到文章背后所隐藏的往圣先贤的伟大气度。第三个十遍的吟诵，其目的在于让读者涵养出自己的德性，培育出自己的浩然之气。

唐文治文章学的阴阳刚柔理论与吟诵实践有着极为密切的关联。《唐蔚芝先生读文灌音片说明书》中论读文法："曾文正所选《古文四象》，分太阳气势、太阴识度、少阳趣味、少阴情韵四种。余因之分读法，有急读、缓读、极急读、极缓读、平读五种。大抵气势文急读、极急读，而其音高；识度文缓读、极缓读，而其音低；趣味情韵文平读，而其音平。然情韵文亦有愈唱愈高者，未可拘泥。"① 唐文治将读文之高低缓急与四象联系起来。大致分为三类：一类为太阳文，用高读、急读、极急读；一类为太阴文，用低读、缓读、极缓读；一类为少阴文、少阳文，用平读，即不高不低、不急不缓。需要注意的是，一篇文章虽然大致上可以归为四象中的某一类，但在具体的章节与行文中，又会有四象之变化。比如，《前出师表》总体上是太阴文，但是在"今南方已定，兵甲已足，当奖率三军，北定中原，庶竭驽钝，攘除奸凶，兴复汉室，还于旧都。此臣所以报先帝而忠陛下之职分也"一段，则由阴转阳，由缓读而转为极急读，颇有太阳喷薄之气势。

综上所述，这三十遍读文法，可谓鉴赏路径的核心。第一个十遍，求其线索，是在形上用功；第二个十遍，求其命意，是在情上用功；第三个十遍，求其神气，是在神上用功。需要指出的是，这三个十遍，都是伴随着吟诵而同步深入，逐级完成的。第一个十遍，还有人（文章）我之分，我是我，文章是文章，文章是我的考察分析对象。第二个十遍，则我被文章之情打动，我之情与文章之情混于一处，但仍旧稍有人我之分。第三个十遍，则文如己出，文章即如我所作，情感即如我所发，往圣先贤作文之意即是我心中之意，我与文章之作者在此合一，无有人我之分，而我之人格涵养也与往圣先贤之人格涵养处于同一高度。

四、教学宗旨

朱子教人学道工夫，半日静坐半日读书。静坐是为去除杂念，读书是为养成正念。朱子曰："古之圣人欲明是道于天下而垂之万世，则其精微曲折之际，非托于文字，亦不能以自传也。……天下后世之人，自非生知之圣，则必由是以穷其理，然后知有所至而力行以终之，固未有饱食安坐，无所猷为而忽然知之，兀然得之者也。"② 所读之书，须是历代圣贤之作。求学者读书时，其意念与书中所论相和，如同与往圣先贤交往，故妄念不作、正念频生。在儒家工夫论系统中，这半日读书阶段可以看作心性修养工夫的实验室阶段。等到出了书斋，面对真正的生活世界，则正面、负面各类因素都会纷至沓来，这时候求学者就需要以涵养的道德心性去辨

---

① 唐文治：《唐蔚芝先生读文灌音片说明书》，载赵敏俐主编《吟诵研究资料汇编（现代卷）》，中华书局，2018，第14页。
② 朱熹：《徽州婺源县学藏书阁记》，载《朱子全书》第24册，上海古籍出版社、安徽教育出版社，2002，第3734页。

别和抉择，承担其应有的社会责任。

吟诵法就是对朱子读书法的细化，其最后达到的成效，由浅及深，可以分为四个层次。简单言之，则为理解诗文、提升写作、修身养性、开物成务这四个面向。

（一）理解诗文

吟诵经过前两个十遍的线索分析、命意探寻，相当于完成了对文章结构和中心思想的探究。同时，吟诵又在声腔吟调上着意，加强了吟诵者对字音字义的敏感度，自然可以促进其对诗文内涵的理解。而当达到第三个十遍时，则文如己出，吟诵者不但能够客观分析文意，而且更在精神上与古人境界相通，可以了解共情文章深意，回味其中神韵。

（二）提升写作

通过吟诵掌握了多篇文章的线索、命意、神气之后，吟诵者也可以由自身性情之所发，进行诗文的创作。由于吟诵者吟诵的范文都是中国历史上的优秀作品，又对于前人的布局笔法非常熟悉，所以吟诵者的写作就会笔意多带古风，时有常人所不及之处。

（三）修身养性

阴阳四象的吟诵实则是感受太和之气的伸缩运动，是为养气的方法。正确的吟诵则为呼吸气息之张弛有度。一般的锻炼，是运动身体外部的肌肉；而呼吸气息，则是运动身体内部的肌肉。故从科学角度说，吟诵也有养身之功效。更深一层而言，吟诵者常与往圣先贤的道德文章打交道，吟诵者自身的情感与古人"发而皆中节"的情感相合无隙，自会受古人精神之感召，而能磨炼自身之脾气，涵养自身之性格，不断向历代圣贤之人格靠拢。

（四）开物成务

当吟诵者被唤醒了自身的德性人格，则如舜那样"沛然莫之能御也"。这种德性的流露，断不会仅仅局限于诗文的创作之中，还可以处处表现在人伦交往之中。吟诵者不应该仅仅满足于做个高超的文章写手，还应该在伦常生活中担负其角色该有的责任，做有担当的父母，或是孝顺的子女，或是刻苦的学生，或是勤劳的工作者，等等。同时，吟诵者还应该担负起更多的社会责任，在既定的伦常角色之外，为社会做出更多贡献，发挥更多积极作用。

附录三

生成·构形·工夫：传统吟诵理论的系统构建[1]

吟诵是中华传统读书方法，是古代传统社会读书生活的常态。受近代以来西化风潮的影响，吟诵逐渐退出了历史舞台。在当下国学复兴的大潮下，吟诵又有了新的生机。

传统的吟诵基本上是古人在读书生活中无意间习得的。老师怎么吟诵，学生就模仿老师怎么吟诵，久而久之，就学会了吟诵。在当下社会，我们读文都以朗诵为主，很少吟诵。有些人比较幸运，遇到会吟诵的耆老，向他们学习吟诵；而大部分人只能通过早期的吟诵录音来学习传统吟诵。然而，无论是古人在读书生活中自然而然学会的吟诵，还是现代人特意去学习的吟诵，都是一种经验的模仿，并无系统理论可言。

如果在吟诵经验的积累和呈现过程中，归纳出相应的理论规律，则可以更好地指导吟诵实践。本文凭借既有的吟诵资料，尤其是借助国学大师唐文治[2]的文章学理论，用吟诵三论来探索传统吟诵的基本规律。

一、吟诵的理解

中国的文学作品由汉字组成。汉字既有字声，又有字义。吟诵是一种声音，它

---

[1] 该文发表于《南京艺术学院学报（音乐与表演）》2024年第4期，收入本《教程》后略有修改。

[2] 唐文治（1865—1954），字颖侯，号蔚芝，晚号茹经，近代经学家、理学家、教育家、吟诵家。其所传吟调，传自桐城派，世称"唐调"，有1948年灌音片传世。唐调与其论述的性理学、文章学具有系统性的关联。

要表达字声，抒发情感。作为中介，吟诵沟通了无形的情感与有形的文字。

用声音诠释文学作品时，大致会有读、诵、吟、唱四类方式。第一类是读，发出字声；第二类是诵，拖长字声，加入节拍；第三类是吟，拖长字声，加入节拍，表现简单的旋律，旋律侧重突出字声的绵延；第四类是唱，拖长字声，加入节拍，表现复杂的旋律，旋律侧重突出情感的跌宕。

从第一类到第四类，发动的情感愈来愈浓厚。甚至在唱的时候，如果觉得情感表达仍不尽性，还可以继续加上伴奏与舞蹈，用乐器伴奏烘托情感，用手舞足蹈激发情感。

需要说明的是，吟唱阶段的音乐旋律，主要以突出字声与情感为主。只是在吟的阶段，音乐旋律以突出字声为主，以表达情感为辅。旋律的走向与字声的走向几乎一致，与字声无关而与情感有关的音乐旋律相对较少。而在唱的阶段，音乐旋律需要兼顾字声与情感，音乐旋律的走向与字声的走向大体一致，与字声无关而与情感有关的音乐旋律较多，有时甚至可以为了旋律的优美和抒发情感的尽性而牺牲字声的准确。

吟诵有广义与狭义的区分。从广义上看，上述四类皆可称为吟诵；从狭义上看，唯有第二类与第三类可称为吟诵。本文所论之吟诵为狭义的吟诵。

二、吟诵的生成论

吟诵的生成论说明吟诵是怎么来的。吟诵的生成论可以分为"性—情—声—辞"的作者路径，以及"辞—声—情—性"的读者路径。无论哪类路径，都是由性、情、声、辞四个概念所构成。性是德性，情是情感，声是声音，辞是文字。

（一）诚以尽性

当人们面对、回忆或者想象具体环境、具体事件的时候，就会产生相应的情感发动，可谓"触景生情"。这样的情感发动，背后有德性的主宰，故能"乐而不淫，哀而不伤""喜怒哀乐发而皆中节"。相反，如果不注重德性的主宰，那么情感就会被具体环境牵引，导致"乐而淫，哀而伤""喜怒哀乐发而不中节"。因此，情感发动时能否自觉到德性主宰，就显得十分重要。

德性主宰的贞定确立，在于心灵保持诚的状态。吟诵大家唐文治认为：

> 孔子有言"修辞立其诚"，诚者，尽性之本，修身之源，而即文家之萌枿

也。《中庸》云"不诚无物"。①

儒家认为人心本有德性，德性所发就是良知良能。人具有由德性主宰的道德本能，只是由于心灵欲望太多，而遮蔽了这道德本能。诚者，就是真实无妄，不具私意地让心灵进行觉照。当心灵保持诚的状态，德性的力量就能自然而然地发动起来，成为所发之情的主宰，去成就意识所觉照的对象。这种诚的状态，也是写文章的状态，心灵无私意地去成就文辞中的情感世界。因此，文章的优劣与否，就在于为文者之心诚与不诚。倘若作者修辞以立诚，那么所发之情就皆能中节。

（二）情气发动

在中国传统哲学的义理系统中，情是人心所发之气。作者所发之情，成为文章，就是文章之气（文气）。唐文治认为文气与作者的品格有直接的关联，其曰：

> 孔子云："人之生也直。"孟子云："浩然之气，至大至刚。以直养而无害，则塞于天地之间。"顾亭林先生云："凡作文之气，须与天地清明之气相接。"是三说有不相谋而相感者，何也？盖自来正大之士，必有清明正直之气。宋文文山先生所谓"天地有正气，杂然赋流形""于人曰浩然，沛乎塞苍冥"是也。下愚之士，困于己私，邪曲之念蟠结于中，平旦之气梏亡已久。如是而作文之时，求其清明正直之概，庸可得乎？②

唐文治以孔子、孟子、顾亭林、文文山（文天祥）为例，这些人物都具有圣人气象、高尚人格。他们所发的正气来自自身修炼的品行，他们能做到诚心主宰、无有邪念，故其心中之情气充塞天地之间而无不中节。作文之气，就由做人之气而来，故这些人物所作之文也有高远的气象。

（三）化律成辞

人在特定的场景中，面对某些对象有感而发，所发之情无有私意掺杂其间，故能发而皆中节。所发之情，以声音传达。声音转瞬即逝，仅仅是一时一地的表达。

---

① 唐文治：《国文大义》，载王水照编《历代文话》第九册，复旦大学出版社，2007，第8195页。
② 唐文治：《国文大义》，载王水照编《历代文话》第九册，复旦大学出版社，2007，第8196—8197页。

若将发出的声音记录下来，成为有形的文字作品，则可以长久保存。具象的文字与无形的情气也有必然的联系。唐文治言：

> 化工不言，四时行，百物生，默示其阴阳、晦明、风雨之六气。上古乐官伶伦通其微，截为六律十二管，吹葭验气，节宣阴阳。后人又析之为四，是为二十四气之始。因人之气，配天之气，而阴阳、刚柔、善恶判焉。刚者为清、为直、为断、为严毅、为干固，气之善者也；为猛、为隘、为骄、为傲、为强梁，气之恶者也。柔者为慈、为和、为顺、为巽，气之善者也；为伪、为懦、为弱、为庸暗、为畏葸、为邪佞，气之恶者也。夫反诸己者，亦济其阴阳、刚柔之偏而已矣。出辞气而无倍也，持志气而无暴也。①

情气有阴阳刚柔善恶之分。情气之发动，既能成就六律十二管的声音，又能成就吟文作文的辞气。吟诗作文的文字书写，就成了诗文文本。

由性情的发动为先，继而有声音，再而有文辞，构成了作者路径。反过来，由文辞的呈现为先，继而有声音，再而有性情，就构成了读者路径。从作者路径来看，吟诵可以辅助诗文的生成；从读者路径来看，吟诵可以引起性情的兴发。

三、吟诵的构形论

吟诵的构形论阐述吟诵是什么样的。吟诵的构形论是研究吟诵具体规则的学问，包含以下四个原则：基础旋律，字声规则，情感理解，嗓音条件。

（一）基础旋律

吟诵的基础旋律称为吟调。吟调或由某个大家族所传承，或由某个方言区所传承。吟调的音乐要素与方言声调、地方山歌、曲艺戏曲有一定的联系。这些吟调可以称为传统吟调。传统吟调是历史形成的，属于非物质文化遗产，可以调整发展，但不能自编自创。自编自创的吟调充其量是蹩脚的新编古风歌曲，不是吟诵。

吟调一般由高调、低调、尾调三部分组成。高调与低调之间相差五度，为同一段旋律的模进。尾调则是一个有所波折的下降音。这三部分并不是严格按谱演唱的

---

① 唐文治：《释气》，载邓国光辑释《唐文治文集》第二册，上海古籍出版社，2018，第638—639页。

旋律，而是有松有紧的自由调。在紧的地方，比如在词组的偶数位的平声字上、在押韵字上、在特征腔上，就必须落在某些音上；在松的地方，则可以根据字声与情感进行自由地变化。

作为基础旋律的吟调是吟诵的重要身份特征。吟诵区别于曲艺戏曲及方言歌曲的地方，就在于其独特的吟调。

（二）字声规则

古诗文都是用汉字撰写而成。汉字的字声本身就有调值的变化。吟诵需要根据字声的调值来进行绵延夸张，于是就产生了依字行腔的基本规则。同时，由于汉字语音的时空变化，所以又产生了文读语音的基本规则。

其一，依字行腔。依字行腔是吟诵的核心技能，即根据字声的调值来进行音乐性的处理。字单独念与连缀成一个词来念，会有本调与变调的不同，那么在依字行腔的时候，就要照顾到变调的特殊性。不同的方言有不同的调值，故同一首作品，用不同的方言来吟诵，其音乐风格是不一样的。现在我们用五度标记法来显示，以普通话为例来说明依字行腔。

阴平的五度标记是55，大致是一个拖长的高音，由于阴平具有自然的下滑倾向，所以拖长的高音可以有下滑。阳平的五度标记是35，大致是一个由低到高的音。上声的五度标记是214，大致是一个由中到低，再由低到高的音。去声的五度标记是51，大致是一个由高到低的音。

但面对一首作品，如果每个字都这样按规定调值吟诵，则会显得非常单调乏味。为了增强艺术性，可以将一个字的旋律拉长，用多个音来表达；也可以将一个字的旋律压缩，用单个音来表达。单个音，就是这个字的主干音。

用单个音来表达一个字，如何分别四声呢？如果就单独的一个字而言，则难以用单个音来表达。但如果将单字置于一个词中，则可以用一个词中的前后两个字的相对音高来表达其主干音，如表1。

表1　普通话文字组合与单个音的旋律高低对照表

文字组合	单个音的旋律高低	例字
阴平阴平	前后一致或前高后低	天空
阴平阳平	前高后低	天涯
阴平上声	前高后低	添酒
阴平去声	前高后低	天下

(续表)

文字组合	单个音的旋律高低	例字
阳平阴平	前低后高	蓝天
阳平阳平	前后一致或前高后低	篮球
阳平上声	前后一致或前高后低	没有
阳平去声	前高后低	甜度
上声阴平	前低后高	酒精
上声阳平	前低后高	酒瓶
上声上声	前高后低	酒品
上声去声	前低后高	酒酿
去声阴平	前高后低	夏天
去声阳平	前高后低	下来
去声上声	前高后低	下午
去声去声	前高后低	下去

前高后低，比如51，或者21，或者65；前低后高，比如15，或者12，或者56；高低一致，比如55，或者11，或者55。

用多个音来表达一个字，则相对容易得多，只要顺着调值拉长即可，如表2。

表2 普通话单字与声音旋律对照表①

单字	五度标记	声音旋律
阴平	55	5 - - -
阳平	35	3 - 5 6 ; 或1235
上声	214	2 - 1 3 - ; 或1561
去声	51	5321 ; 或3 2 1 6 -

在吟诵的时候，若是单独考虑调值的拉长，则平声最长，上声、去声其次，入声最短。若是把文字放入诗文句式中去考虑，偶数位的平声字和押韵的字，吟诵时则都需要拖长。比如吟诵"路上行人欲断魂"，"人"是偶数位的平声字，需要拖长；"魂"是押韵的字，也需要拖长。

此外，由于吟诵并不是将一首文学作品中所有的字都置于同一排音阶上，而是以词组为单位在不同排音阶上进行高低起伏的旋律变化，所以字声的高低只能在同一词组中进行比较，不能跨词组进行比较。比如"路上""行人""欲断魂"作为

---

① 表中举例，表示字声调值的拉长，不包括与字声无关的声音绵延。

三个词组，吟诵者可以将之放在同一个音高基准上进行依字行腔。在这种情况下，同样是阳平字的"人"和"魂"，音高就相同。吟诵者也可以将之放在三个不同的音高基准上进行依字行腔。在这种情况下，同样是阳平字的"人"和"魂"，音高可能就不同了。

此外，吟诵并不是纯粹地依字行腔，而是在吟调的基础上依字行腔。这个时候，字声调值可能与吟调产生冲突，如果硬要依照此吟调来吟诵，就会产生"倒字"①。倒字是吟诵的大忌，故我们需要在倒字的地方做出调整。

如果一首文学作品是既定的，我们无法依照旋律来修改文字，那么就只能依照文字来修改旋律。比如，既有旋律是 5 5，配的词是"天涯"，于是就要在后一个 5 上加滑音，如 5 ³5，或者 5 ³⁵。如果配的词是"天下"，于是可以改成 5 3，如果落音一定要落在 5 上，则改成 1 15。这些微调的结果，就是仍旧保持原来曲调的特性，同时又调准了字声。

其二，读音选择。字声因时间、空间的不同而存在变化。从时间上说，字声分为上古音、中古音、近代音、现代音。从空间上说，字声有共同语的普通话，也有各地方言。字声有声母、韵母、声调三个要素。同一个字的声母、韵母、声调，在不同的时空维度上，可能存在差异。

由于吟诵的文学作品大多数是古代各个时期的作品，或者是今人模仿古代各类文体的作品，故吟诵者在吟诵时字声会产生争议。

理论上，吟诵《诗经》用上古音，吟诵唐诗用中古音，吟诵元曲用近代音。但是，除了音韵学家可以用国际音标拟构古音外，一般吟诵爱好者难以掌握古音。而且，即使我们听到音韵学家用古音吟诵《诗经》，由于古音与我们现实发音相差太远，也无异于在听一门外语。故此对于情感的发动、文意的理解不但没有多大帮助，反而多了一层阻碍。我们可以猜测，清人在吟诵《诗经》、唐诗、元曲的时候，肯定也是用他们那个时代的语音，故我们在吟诵古诗文的时候，也可以用我们当下的语音。

我们当下的语音包含普通话和各地方言。普通话和大部分北方方言，入声已被派入平上去三声；而南方方言还保留了入声。由于南方方言保留了更多的古音元素，所以用南方方言②吟诵，较为合乎古诗文原来的韵律。对于只会普通话的吟诵

---

① 倒字是字声声调的走向与吟唱旋律的走向产生矛盾的现象。

② 方言有文读与白读的区别。一般以为，念古代文学作品，以文读为准。其实，文读音是方言在跨地区使用时，为了方便交流而产生的一种准共同语。与其他方言区交流的人群主要是商人，与京城地区交流的人群主要是读书人与官员，故商人、读书人、官员都用文读音，而农民终生不出乡里，故多用白读音。

者而言，吟诵时则需要在普通话基础上，稍微向古音靠拢。主要表现在两个方面：其一，在声调上靠拢。普通话没有入声。凡是入声都被派入平上去三声。在吟诵的时候，为了保持声律之美，凡是在格律关键处被派入平上去三声的入声字，仍旧以短促音出之，模拟古音中入声字的特征。其二，在押韵处靠拢。韵母在古今音上会有变化，原来押韵的字，现在以普通话读之则不押韵。为了保持叶韵之美，在不妨碍意义理解的基础上，可以用古音之韵母读之。

（三）情感理解

如果完全依字行腔，只是传达了字声，并没有充分表达文意。比如，"悲伤"和"欢欣"，依照普通话，字声都一致，所表达的情感却有天壤之别。如果完全依字行腔，表达的情感势必雷同。因此，吟诵除了看字声之外，还要看字义所蕴含的情感。吟调除了传达字声外，还要含有情感理解，于是依情（字义）行腔的规则应运而生。一般说来，字声旋律自身包含情感的表达：兴高采烈的时候，节奏快速，旋律上行；阴郁忧愁的时候，节奏缓慢，旋律下行。除此之外，在润腔、连缀腔、尾腔上也可以表达一定的情感。

其一，字声旋律的润腔。字声走向有一定的规则，不能随意编造。但是，在符合规则的前提下，仍旧有很大的创造空间。可以一个字一个音，也可以一个字多个音。在多个音的状态中，既可以用跨度较小的相邻的两个音来表示，也可以用跨度较大的不相邻的两个音来表示；既可以用两个音来表示，也可以用多个音（如三至五个音）来表示。在不会倒字的情况下，可以适度加花，让字声听起来具有新的韵味。比如，原来15的旋律，可以改为1235的旋律，字声调值仍旧是上行的，但更为欢快与圆润。原来1 6－－的旋律，可以改为１７６－的旋律，多了一个7，就增加了悲凉的味道。

其二，连缀腔的创造。字与字之间，词组与词组之间，句与句之间都可以用连缀腔。一个词组中，字与字间隙最短，一般不用连缀腔，用了连缀腔容易倒字。故连缀腔主要用在词组与词组之间，以及句与句之间。

如果前一个词组在较高的音位，比如前一个词组最末一个字的旋律结束在6，后一个词组在较低的音位，比如后一个词组最前一个字的旋律开端在5，那么连缀腔就需要作出一个下行旋律将两者连接起来，比如5 65 32 116。旋律只要符合下行，具体怎么走都可以，可以很顺地下行，也可以波折地下行，可以长，也可以短，里面可以含有不同的情感内容。句与句之间也是同理，上一句最末一个字的旋律结束的尾音，与下一句最前一个字的旋律开端的首音，也需要连缀，原理同上。

只是，如果句与句的连缀较长，则可以用乐器伴奏，当作间奏来处理。

其三，尾腔的变化。尾腔最能体现吟诵的韵味。尾腔多平拖而下行。这是因为尾腔字多为押韵的平声字，平声字可拖长，又由于自然语言下滑的趋势可再作出下行。拖长下行中可以有波折，这些波折也可以抒发情感。

（四）嗓音条件

人的嗓音条件各有不同。吟诵者应该学会就着自己既有的嗓音条件来进行吟诵。影响嗓音条件的因素有两类：一类是高低、长短、疾徐、强弱、音色等声音上的特质。另一类是音调的控制能力。

对于第一类而言，由于吟诵不是大合唱，所以吟诵完全允许不同吟诵者有声音高低、长短、疾徐等差别。每个人都有自己的嗓音条件。这个条件，如果发挥得不好，就是对自我吟诵的限制；如果发挥得好，就容易形成自己的吟诵特征。[①] 比如，音域宽广的吟诵者，吟诵时就可以大起大落；音域狭隘的吟诵者，吟诵时就以平顺为主，避免大起大落，同时要善于利用滑音、小腔来弥补其不足。

对于第二类而言，有的吟诵者乐感很好，不跑调，吟诵起来自己舒服，别人听来也舒服。而有的吟诵者乐感不好，经常跑调。如果自己知道跑调，那就可以逐渐修正。如果自己不知道跑调，那也不妨事。吟诵本来就是自己读给自己听的书房艺术，不是舞台的表演艺术。只要自己乐在其中，就能促进吟诵者理解诗文和涵养人格，吟诵仍旧能起到应有的作用。

四、吟诵的工夫论

吟诵的学习是一个渐进的过程，除了直接的声腔练习之外，还需要多种学科知识的积累，只有这样，才能知其然，又知其所以然。简而言之，学习吟诵的过程包含吟调学习的外在进阶与三十遍读文法的内在进阶。

（一）外在进阶

学习吟诵的声腔，由易到难可以分为如下三个阶段。

初级阶段：可繁可简，套用吟调。掌握基本吟调，可以根据吟诵曲谱学习；也

[①] 其实，我们可以看到很多戏曲曲艺界的大师，他们的嗓音条件未必完美，但通过自身的努力，将劣势转换为优势。其嗓音特征反而成为其所创流派的特色之一。如京剧界的周信芳、沪剧界的杨飞飞、越剧界的戚雅仙、弹词界的徐丽仙等。

可以根据老师课堂吟诵，亦步亦趋地学习。在学习的过程中，不用去管倒字与否。初级阶段的完成，以能套调为衡量标准。套调即是将原有的吟调套到全新的文字上去吟诵。套调又有简单套调与复杂套调的区分。简单套调：全新的文字与原有的文字，在断句与字数上相一致，这样就比较容易进行套调。复杂套调：全新的文字与原有的文字，在断句与字数上不一致，这样就不容易进行套调，如果全新的字数少，就要多音套一字；如果全新的字数多，就要一音套多字，甚至延长发展原来的声调。

中级阶段：依照字声，调整吟调。全新的文字替换原有的文字，因为阴阳四声多有不同，所以这个时候，若仍旧依照原有的声调进行套调，那么势必会产生倒字的现象——虽然"腔圆"，但未实现"字正"。于是，我们要对吟调进行调整，让吟调的旋律与字声的旋律保持基本一致。调整的方法如下：

其一，将原有的文字分成若干音步。其二，找出原有的文字中每个音步末字声腔落音。其三，找出原有的文字中押韵字声腔落音。其四，找出基本吟调与阴阳四声相配的特征腔。其五，使全新的文字在音步末字声腔落音、押韵字声腔落音、与阴阳四声相配的特征腔上和原有的吟调的相同处保持一致。其六，调整不需要保持一致的文字的音高；以需要保持一致的文字的音高为基准，再根据字声的高低变化来斟酌。其七，根据字声来调整若干主干音的位置；提高三度或五度，下降三度或五度；加上前后倚音；等等。

高级阶段：根据情感，调整吟调。全新的文字替换原有的文字，即使阴阳四声基本相同，但由于辞义不一，所抒发的情感也会千差万别。这个时候，若仍旧在基本吟调上依字行腔，则无法区别不同文字所表达的情感。比如"牧童遥指杏花村"与"不教胡马度阴山"，除了"牧童"与"不教"在阴阳上有差别外，其余地方阴阳四声完全相同。但这两句诗所表达的情感大有不同，前者婉约，后者豪放。那么，我们就要根据情感，对基本吟调进行调整。调整的方法主要体现在吟调高低、轻重、快慢的改变，以及特征腔（包含韵字拖腔）的加花、减花上。

需要指出的是，根据情感来调整吟诵，需要较高的音乐素养，故在以文人为主体的传统吟诵中不太多见，反而在以乐工伶人为主体的曲艺戏曲中较为常见。但随着吟诵由书房转向舞台，吟诵音乐的情感表达就显得越来越重要。有志于此的吟诵学习者，不妨多学习曲艺戏曲中的创腔方法。

除了上述三个阶段之外，吟诵的声腔的学习还需要借助摇头晃脑、手指画圈等身体律动来掌控韵律。在"五四"以来的反传统思潮中，摇头晃脑、手指画圈成为读书人迂腐的象征。而在现代国学复兴的时代，摇头晃脑、手指画圈又被人机械地模仿，完全失去其本义。其实，摇头晃脑、手指画圈在吟诵韵律的控制与掌握上发挥着极大的作用。传统吟诵既可以是节拍分明的定板，也可以是没有明显节拍、自由节奏的散板，而更为常见的则是定散结合的综合状态。而且，吟诵的速度不是固定的，可快可慢，即使是定板，也可以一字一拍、多字一拍、一字多拍。吟诵一首较长作品，更多的情况则是综合使用多种节奏。而吟诵同一首作品，吟诵者则可以根据自己的心情状态使用不同的节奏。因此，现代音乐欣赏中我们经常看到的鼓掌打节拍的方法就不太适合用来辅助吟诵。鼓掌打节拍只能用在节拍分明的定板旋律中，而无法用在散板、定散结合的旋律中。但是，摇头晃脑与手指画圈，则在定板、散板、定散结合的三种旋律状态中皆可运用，引导吟诵者体会各种旋律中的韵味，故非常适合用来辅助吟诵。摇头晃脑与手指画圈，也不是机械地、等分地去运动。"在当前的一些文娱演出中，人们常可见到不少少儿乐器演奏节目，例如数位女童手风琴齐奏，往往是无论所奏乐曲如何，小脑袋总是一左一右地按节拍摇晃着，小辫上的花蝴蝶左右翻飞，虽说是整齐美观、训练有素，但总觉机械呆板，流于表面形式，与'艺术'相去甚远，对于表达乐曲内容不仅无助，反而有损。寡情薄义、刻意'作秀'、虚张声势的摇头晃脑断不可取。"[1] 上述的摇头晃脑状况，在当下的少儿吟诵中也屡有所见，其实与鼓掌打节拍并无二致，其非但没有发挥摇头晃脑应有的功效，反而让吟诵者自己晃得头疼脑涨。正确的摇头晃脑，应该是轻微的、不规则的，但又是疾徐快慢有度的。在一些情感喷发之处，偶尔会有极快极重的摇动。这种晃动与太极拳、昆曲身段有异曲同工之妙。只是太极拳、昆曲身段是整体的运动，而吟诵的摇头晃脑、手指画圈是局部的运动而已。

（二）内在进阶

宋儒朱熹讲儒者的工夫论："用半日静坐，半日读书。如此一二年，何患不进？"[2] 读书与静坐，可以看作两种对等的工夫。静坐，使眼、耳、鼻、舌、身不去应接外物，促使心灵达到平静，如此则有利于涵养德性，而在日常往来中，眼、耳、鼻、舌、身应接不暇，人则容易被外物牵引，阻碍了德性之显现。读书，就是吟诵。吟诵经典，就不是像静坐那样摒弃一切外在，而是充分地将自我的心意贯穿在所读的经典中，将自我全身心地投入经典中，切身体会玩味经典的内涵与精神。经典是往圣前贤的作品，而读者在吟诵这些经典时，也在顺着往圣前贤的心意之所

---

[1] 秦德祥：《小议吟诵者的"摇头晃脑"》，载《"绝学"探微吟诵文集》，上海三联书店，2010，第261页。

[2] 黎靖德：《朱子语类》，中华书局，1986，第2806页。

发而激扬自己的性情。唐文治先生针对朱子读书法发展出了三十遍读文法。唐先生言：

> 学者读文，务以精熟背诵，不差一字为主。其要法，每读一文，先以三十遍为度。前十遍求其线索之所在，划分段落，最为重要。次十遍求其命意之所在，有虚意，有实意，有旁意，有正意，有言中之意，有言外之意。再十遍考其声音，以求其神气，细玩其长短疾徐、抑扬顿挫之致。三十遍后，自不知手之舞之，足之蹈之，虽读百遍而无厌矣。①

三十遍读文法首倡于唐文治，是吟诵进阶的不二法门。所谓三十遍读文法，就是将一首作品吟诵三十遍，从而获得全面而深入的理解。第一个十遍寻找文章线索。文章线索是指文章的结构，属于文章之形质。清代以来的文章选本，有的会有圈点。圈点除了有句读功能之外，还有鉴赏功能。圈显示文章命意，点显示文章线索。在圈点的帮助下，读者可以较为容易地把握文章线索。如果没有圈点，读者也可以通过自己的吟诵把握文章线索。在第一个十遍中，我是我，文是文，我去客观地分析作为对象的文章线索。此时人与文处于二分的状态。第二个十遍领会文章命意。文章命意是指文章所要表达的情感、精神、主旨，属于文章之精神。如果文章有圈点，所圈之处就是文章命意。如果文章没有圈点，读者也可以通过自己的吟诵把握文章命意。在第二个十遍中，仍旧我是我，文是文，我去客观地分析作为对象的文章命意。此时人与文仍处于二分的状态。第三个十遍体悟合一境界。合一境界是指吟诵者的自我精神融入文章命意中，作者之命意由吟诵者之精神得以朗现，此为合一境界。在第三个十遍中，我即文，文即我，吟诵者与作者在此境界中相互融合。吟诵者完全代入文章作者的角色中，体验作者作文时性情"发而皆中节"之状态。此"发而皆中节"之状态，既是文章作者的，也是文章吟诵者的。此性情的发动，没有古与今的区别，没有人与我的隔阂，完全是体用一源、显微无间的。

生成论说明吟诵怎样形成，构形论阐述吟诵何等面貌，工夫论教导吟诵如何实施。生成论、构形论、工夫论构成了传统吟诵的基本理论。由此吟诵三论，我们可以更为精准地领略到吟诵这一传统读书法所蕴含的深厚文化意蕴与独特审美价值，并让其在新的时代背景下焕发出更加绚丽的光彩。

---

① 唐文治：《国文经纬贯通大义》，载王水照编《历代文话》第九册，复旦大学出版社，2007，第8243页。

后　记

苏州吟诵是中国传统吟诵的重要组成部分，属于江苏省非物质文化遗产。苏州吟诵具有悠久的历史，但能够在当今保存下来，首先要感谢魏嘉瓒老师。

魏嘉瓒老师从十年前就开始了对苏州吟诵的搜集整理与传播教学。魏嘉瓒老师主编的《最美读书声：苏州吟诵采录》在2014年由长江文艺出版社出版，可以视为苏州吟诵搜集整理工作的初步完成；不久后，魏嘉瓒老师创办了沧浪吟诵传习社，开始了以唐调为主的苏州吟诵的传播教学。我有幸成为魏嘉瓒老师吟诵班上的第一批弟子。

受教于魏嘉瓒老师之前，我也曾零星接触过一点吟诵。我的外婆名叫俞慧珍，幼时曾上过私塾。我年少时和外婆在一起，她经常会吟诵《三字经》的片段，并说那些调皮的男生会吟成"人之初，鼻涕拖"，于是我和她一起哈哈大笑。我在南京审计学院读书的时候，教授"大学语文"课程的黄培老师曾经播放陈少松先生的吟诵光盘，让我记忆深刻。此外，我喜欢曲艺、戏曲，在曲艺、戏曲中常能听到艺术化的诗文吟诵。但上述的接触，都不成系统。我正式学习吟诵，则是从魏嘉瓒老师的吟诵班上开始的。

在魏嘉瓒及汪平、童稼霖、裴金宝等诸位老师的教导下，我们沧浪吟诵传习社的成员逐渐掌握了唐调吟诵及其他苏州吟诵的基本曲调。同时，魏嘉瓒老师又带领我们走向全国吟诵界，拜访了陈以鸿、萧善芗等老先生，也邀请了周笃文、华峰、徐健顺等全国知名吟诵专家来苏州传经送宝。

中国传统吟诵的声腔初听并不优美，只有自己投身于吟诵实践，才能体会到其中的奥妙。我并不满足将这番奥妙止步于"只可意会不可言传"的境地，意欲用理性的方式加以分析，并转换成清晰的概念和可供实操的方法。于是，我在两个方面下了功夫。一方面，我借助唐文治性理学思想与文章学思想的研究，发现了吟诵的生成原则。所谓吟诵的生成原则，就是"性—情—声—辞"的作者路径与"辞—声—情—性"的读者路径。儒家的道德形上学、"半日静坐半日读书"的修养工夫被融入吟诵理论中，吟诵也成为儒家工夫论的一种读文法。另一方面，我借助往日对于曲艺、戏曲声腔的爱好，逐渐发现了吟诵的构形原则。所谓吟诵的构形原则，就是吟诵的具体旋律包含了基本曲调、依字行腔、依情行腔、嗓音条件四大要素。在吴文化中，吟诵、民歌、曲艺、戏曲都让我着迷。吟诵与民歌主要是自娱，曲艺与戏曲主要是娱人。吟诵是书生的音乐，民歌是农夫的音乐，曲艺与戏曲则是专业音乐人的音乐。四者虽然貌似有很大不同，但在曲调声腔的构成上都有此四大要素。吟诵与民歌最为原始，而曲艺与戏曲则是在同样道路上发展的。由于吟诵文辞格律严谨，不似民歌唱词那样平仄不拘，故吟诵在腔词关系上更具有规律可循。这两个方面，生成原则是形而上的，构形原则是形而下的。形上与形下的合一，方能构成一个完整的吟诵系统。

这本《教程》，就是在上述学习思考中逐步形成的。我尽量把这些思考融入各讲的内容中。《教程》中所用到的吟调，全部来自传统吟调，但基于我自己的吟诵理解与理论需要进行了适当的调整。希望读者朋友通过这本《教程》，对于吟诵不但能知其然，还能知其所以然。

鉴于很多吟诵学习者，并不能熟练掌握苏州话，故本《教程》在苏州话吟诵录音之外，还增加了相应的普通话吟诵录音。这样就便于苏州吟诵文化在更大范围内进行传播。只是本《教程》的吟谱主要以苏州话字声为准，普通话吟谱需要在苏州话吟谱的基础上进行微调。读者在掌握微调的基本原理后，可以自由灵活处理，《教程》中就不再单独罗列普通话吟谱了。

苏州市非物质文化遗产保护管理办公室的朱丹凤女士，对于苏州吟诵抱有浓厚的兴趣，在我们互相切磋后，她撰写了本《教程》大量篇幅的内容，包含诗文原文、内容简释，以及其他相关章节。

此外，本《教程》还附有三篇关于吟诵理论的文章，供学有余力又对吟诵理论感兴趣的读者参看。

朱光磊

2024 年 9 月